COLLECTION FOLIO

Ananda Devi

Indian Tango

Gallimard

© *Éditions Gallimard*, 2007.

Ethnologue et traductrice, Ananda Devi est née à l'île Maurice. Auteur prolifique, elle a publié des recueils de poèmes, des nouvelles et des romans, notamment *Ève de ses décombres* (2006) récompensé par de nombreux prix littéraires, dont celui des Cinq Continents et le prix RFO. Elle est considérée comme l'une des figures majeures de la littérature mauricienne.

Avril 2004

L'agenouillement a lieu dès leurs premiers pas dans la maison.

Aucun préambule. À peine un instant d'hésitation, de flottement, avant le geste et la déroute qui s'ensuit ; le raz de marée de soie effondrée.

Un agenouillement n'est pas un acte anodin. Adoration ou humiliation ? De quelle manière l'a-t-elle compris ?

Elle cligne des yeux pour les dégager de toute pensée. Elle tente de se défaire des images qui s'obstinent à se poser, telles des mouches hâtives, sur sa rétine. Elle se heurte à la mémoire. Ce qui est arrivé. Comment cela est arrivé. La suite : couleur ; sensation ; goût.

Elle est calme. Elle glisse, immobile, à côté d'elle-même. Mais elle ne peut plus se défaire de cette impression de danger ordinaire.

Dès leurs premiers pas, agenouillée.
Pas anodin.
Qu'a-t-elle fait d'autre ? Elle ne s'en souvient plus.
Aucune importance. Ces mots rythment le reste de sa journée. Elle continuera de marcher sur la pointe des pieds en une danse inquiète, sorte d'esquive d'un soi lucide qui ne lâchera pas prise.

Or donc, après l'agenouillement, elle se retrouve, marchant sans s'étouffer dans le nuage qui baigne la ville et qui donne, en se répandant, une fausse douceur et une apparence d'ambre tiède aux choses. Cette brume quasi crépusculaire, marque d'une pollution qui, malgré tous les décrets gouvernementaux, continue d'empoisonner l'air de Delhi et ses habitants, elle la remarque à peine. Une part d'elle s'est détachée et refuse de renouer avec la réalité, même si ses yeux notent avec distance l'état de dérélication avancée de tout ce qui l'entoure. Les autobus et les camions éructent une fumée qui s'arrime à tout ce qu'elle touche avec une moiteur animale. Les mobylettes et les motocyclettes encombrent la rue et le trottoir et s'engouffrent, suicidaires, dans le moindre espace libre. Elles zèbrent l'espace de leur mort sans cesse annoncée et qui ne vient jamais, car il y a un dieu pour les motocyclistes, les camions et les taxis. Elle évite de justesse une famille entière sur un scooter, le père conduisant, un petit garçon d'une dizaine d'années tenant un sac à provisions devant lui, et la mère derrière, se retenant à lui d'un bras et portant un bébé dans l'autre. Le garçon lui fait un clin d'œil qui lui semble vicieux. Le bébé la regarde de ses grands yeux cernés de khôl. Il refuse de la libérer jusqu'à ce qu'il ait disparu. Elle est interloquée par son air de sagesse usée, mais aussi par son œil péremptoire.

Dans l'œil du bébé, quelqu'un d'autre l'enveloppe. Elle se détourne de sa menace, de sa tentation.

Prise d'une envie d'être longée, immergée, érodée par les fumées, elle décide de héler un rickshaw plutôt qu'un taxi. Désirant la muette et abondante compagnie des anonymes, elle y rencontrera la sueur du conducteur, la moiteur des sièges imprégnés de milliers d'odeurs, toute l'épaisseur des déjections humaines. Peut-être voudrait-elle s'assurer qu'elle est encore en vie et qu'elle n'a pas disparu, comme elle le croit, de sa propre vision ? Des statuettes de saints se balancent aux quatre coins du rickshaw. Ils captent les lumières et distribuent des sourires en guise de bénédiction. Elle n'ose les regarder. Son doigt trouve une entaille dans le siège en plastique et l'élargit machinalement. Elle sent à l'intérieur une matière spongieuse et friable qui cède sous l'ongle et puis, encore plus profond, une intime pourriture : étrange exploration — le doigt s'enfonce.

Le conducteur se met à bavarder dès qu'elle s'assied et ne s'interrompra qu'à l'arrêt. Il parle des meurtres dans son quartier, des affrontements entre castes ou groupes religieux, du terrorisme international, de la mousson qui s'annonce précoce, de la moisson qui s'annonce tardive. Il parle aussi, bien sûr, des élections prochaines, qu'il commente au gré des têtes vaguement rébarbatives ornant les affiches qui ponctuent leur trajet. Pourtant, face à l'une de ces têtes, au regard grave et direct, son débit s'enraye : « l'Italienne », dit-il, ne sachant lui-même s'il doit la vénérer comme il vénère le patronyme et le prestige, ou s'il doit la mépriser en tant que femme et étrangère. L'Italienne, la « Mère de Rome » comme l'appelle par ironie le parti nationaliste BJP, qui pourrait bientôt guider leur destinée à tous. Étant pour l'instant, comme beaucoup d'Indiens au sujet de cette inconnue dans l'équation, indécis, il ne poursuit pas sa pensée et l'affiche de la candidate disparaît dans un remous de suie.

Il passe ensuite au sujet des musulmans, qui le préoccupe davantage que les élections et l'Italienne. Sa voix, aussitôt, se hérisse de lames, mais sa passagère l'entend à peine et ne voit pas que son regard rougit sous un afflux de sang : elle est trop occupée à noter les minuscules détails qui lézardent, comme l'entaille dans le siège, la surface de ses habitudes. Dessous, on devine, de même, de discrètes pourritures. Elle ne sait pas non plus à quel moment il s'est mis à lui raconter le dernier film qu'il a vu. La transition s'est faite sans heurt, le nombre de cadavres et la démesure étant identiques. Il chante une chanson, prend une voix de fausset pour imiter celle de l'héroïne, répète les répliques du bon et du méchant. Il annonce avec gourmandise qu'il y a un *real kiss* dans le film. Il s'épanche sur la beauté de l'actrice mais, dans les mots qu'il choisit, il y a quelque chose qui ressemble à du mépris. Elle croise ses yeux dans le rétroviseur et détourne aussitôt les siens, engluée par leur noirceur. Elle se demande s'il peut lire, sur son visage, dans son apparence, dans l'ombre déformée qui lui colle aux épaules, quelque chose qui l'encourage à lui parler de la sorte, sur ce ton familier et déplaisant.

Elle vérifie le chignon qu'elle a rattaché sur sa nuque en sortant. Rajustant une épingle mal fichée, elle se l'enfonce rudement dans le crâne. Elle se rappelle que ses cheveux s'étaient défaits. Mais elle ne se souvient pas s'être recoiffée. Quelque chose, la tyrannie de l'habitude ou un instinct plus puissant que toutes les métamorphoses, a dû s'imposer à elle pour lui faire retrouver son apparence ordonnée et austère avant de sortir. Pas un brin de cheveu n'est hors de sa place. Elle sait que son visage, de même, est lisse de toute aspérité alors qu'à l'intérieur s'épanouit toute une floraison d'épines.

Le rickshaw a-t-il roulé plus longtemps que d'habitude ? Elle a l'impression d'avoir déjà vieilli, et que l'odeur du véhicule imprègne ses vêtements et sa peau. À l'arrivée, le conducteur l'appelle « ma-ji », mère, en signe de respect. Brève irritation. Il est vrai qu'il n'est pas bien vieux. Vingt-cinq ans, à peu près. Elle aurait pu, effectivement, être sa mère. Mais c'est de la moquerie qu'elle lit dans la voix qui a prononcé ces mots, et non du respect. Elle s'arrête et le regarde. Une sueur descend le long de son dos, tant le visage de cet homme lui semble déplaisant et son sourire inutilement complice.

Son pas s'alourdit lorsqu'elle entre dans l'immeuble. Pour la première fois, cette manifestation de respect — si c'en est une — ne cadre pas avec sa propre image d'elle-même.

En ouvrant la porte, elle reçoit en plein visage l'air chaud, chargé de relents, que dégage le hall d'entrée. Le soir, des sans-abri s'y entassent pour dormir. Au matin, ils disparaissent dans un remous d'air puant qui ne s'estompera qu'au bout de plusieurs heures. À la nuit tombée, ils réapparaîtront, reflux boueux d'humanité. On ne sait pas si ce sont les mêmes ou une populace toujours changeante : on ne les voit pas. Ni les visages, ni ces souffrances nocturnes sur lesquelles chacun ferme sa porte — non par indifférence mais par réalisme. Ce sont les gardiens, eux aussi presque des ombres, qui profitent du racket avec cette peuplade de la nuit. La survie prend ici des tournures brutales que l'on est avisé d'ignorer.

Elle regarde le hall vide, l'escalier qui, d'ici quelques heures, sera encombré par des formes soucieuses de se ménager un espace minuscule, de trouver un semblant de sécurité dans leur dénuement. Sur le mur, il y a la trace d'une main, une toute petite main d'enfant, bien plus vivante que ces présences dont on ne distingue que des bribes, dont on reconnaît à peine l'humanité. Elle s'arrête. Il lui semble voir s'y dessiner une forme malhabile, les chairs matelassées et tendres de la petite enfance, des yeux noirs de khôl. Elle se laisse aller à un instant de tendresse mais se ressaisit aussitôt. Elle marche, de même que les autres habitants de l'immeuble, dans sa bulle. Elle y entre comme dans un sas qui lui permettra de réintégrer, de l'autre côté, son état de femme respectable.

L'ascenseur fonctionne. Ses jambes, elle vient seulement de s'en rendre compte, flageolent. Ses genoux sont fragiles, menacés par l'arthrose. Dans le miroir rayé de l'ascenseur, elle aperçoit une femme. Elle prononce à voix haute son nom : Subhadra Misra. Mais elle n'est pas convaincue pour autant qu'il s'agisse bien d'elle. Il y a des métamorphoses irréversibles. Des voyages hors de soi dont on ne revient pas.

Une fois dans l'appartement, elle prend le temps de se recentrer. Souffler doucement, effacer de son visage toute ridule d'inquiétude ou de rire. Devenir plane comme le silence qui est en elle depuis si longtemps. Un calendrier illustré par les dieux vivement colorés du panthéon est accroché au mur de l'entrée. Comme dans le rickshaw, tout à l'heure, ces images la pétrifient. Elle croit voir le sourire de Krishna se teinter d'ironie, celui de Shiva devenir plus noir de colère. Mais celui de Saraswati reste imperturbable. La déesse de la Connaissance la comprendrait-elle mieux que les autres ? Ce ne sont que des images, se dit-elle. Savons-nous seulement à quoi ils ressemblent ? Aujourd'hui, la terreur de Kali lui conviendrait mieux : une danse sur des crânes nus.

Tout occupée qu'elle est à replacer ses pieds dans ses propres traces, dans cette ombre d'elle-même qui est sortie d'ici un peu plus tôt et qui n'est jamais revenue, car ce qui est revenu est tout à fait autre chose (un autre animal, une autre espèce, qui n'a pas encore de nom), elle ne voit pas sa belle-mère, assise dans le séjour. Elle pense à la douche (laver tout, tout laver, vêtements, peau, chair, cœur), elle est pressée, portée en avant par son propre élan et par la crainte d'une lenteur qui ouvrirait les portes à la réflexion et au regret. Elle traverse la pièce principale d'un pas rapide. Elle voit du coin de l'œil l'ombre immobile qui réclame l'attention de toute la force de son silence, mais son cerveau ne l'enregistre pas. Elle a déjà atteint l'autre bout de la pièce lorsqu'elle s'arrête et revient, désordonnée, sari en bataille, sur ses pas.

« Mataji, je suis désolée, je ne vous avais pas vue… », murmure-t-elle, se baissant pour lui toucher les pieds.

Alors qu'elle est ainsi penchée, recourbée d'un respect parfaitement factice, son sari glisse et laisse entrevoir une tranche de chair, un bref éclair qui la trahit : sous les plis du tissu se tait une contrée sauvage. On ne sait rien de son étrange violence, ni de ses ombres sucrées. Cette erreur ne lui sera pas de sitôt pardonnée. Un reste de la terreur que, jeune mariée, elle a ressentie envers sa belle-mère lui revient. Le souvenir des cruautés passées menace de rompre sa belle dissimulation, mais elle se rattrape à temps. La vieille, assise exprès dans le plus vieux fauteuil du salon, celui dont le ressort cassé doit en ce moment lui égratigner les fesses, dérobe ses pieds sous ses plis de veuve. Son visage se détourne sur son cou maigre, exactement comme si une poulie rouillée avait forcé les vertèbres à pivoter sur elles-mêmes. (La poulie, pense la femme faisant acte d'obédience devant elle, voilà un nom qui lui irait bien !)

Elle ramène d'un geste son sari sur sa tête et sa bouche se pince au point de disparaître dans une multitude de rides furieuses. Subhadra ne tente pas de s'excuser davantage. Elle lève les yeux sur ce visage clos et ressent une sorte d'épouvante à l'idée qu'elle se regarde dans un miroir déformant : dans vingt ans seulement, c'est à cela qu'elle ressemblera. Tant d'inutile laideur, tant de rancunes figées sur ce visage !

Dans vingt ans seulement, tout souvenir de l'ancienne harmonie de ce corps sera effacé, remisé dans la chambre des souvenirs à taire ou à traire.

Subhadra éprouve une certaine satisfaction en constatant qu'il lui vient des pensées aussi claires. Et aussi en songeant qu'après tout, puisqu'elle est condamnée à être ça, autant, pour une fois, pour un instant, saisir une dernière poignée d'envies comme des cheveux de vie à arracher de force.

Le sari ramené sur la tête de la vieille ne masque pas le fait que ses cheveux à elle se font de plus en plus rares et que, même très longs, ils font faux bond à son crâne brunâtre et piqueté de taches noires. Ses mains se referment sur elles-mêmes avec un tremblement nerveux. Une énergie haineuse se dégage de ce corps ratatiné.

Elle continue de grommeler à mi-voix, refusant de remarquer qu'il y a une Subha recroquevillée à ses pieds. Celle-ci s'esquive vers la douche en oubliant de lui apporter quoi que ce soit à boire et sans entendre son gémissement de colère martyrisée.

Elle ferme la porte de la salle de bains et en assujettit le verrou. Le sol est graisseux d'éclaboussures. La bonde de la douche est bouchée, comme d'habitude. Une eau grisâtre y stagne, la lie de très anciennes rancunes. Des vêtements sont entassés dans un coin, attendant d'être lavés. Chemises, pantalons, sous-vêtements, jupons, saris. De longs cheveux blancs sont collés au ciment humide : la vieille, semant chaque jour davantage ses parties mortes. Un petit pâté de mousse à raser est tombé au pied du lavabo, dans lequel elle manque de glisser.

Sans trop faire attention à son état de dispersion, elle se déshabille. Elle grimpe sur le tabouret qu'utilise Jugdish pour se couper les ongles des orteils et tente de se voir dans le miroir au-dessus du lavabo.

Elle reçoit par bribes un corps qu'elle ne reconnaît pas : une aisselle dodue avec des replis à la jointure, la courbure d'une poitrine qui prend un énorme élan avant de s'affaisser, les marques blafardes laissées par le soutien-gorge, la mollesse de la chair au-dessous du bras, un début de noirceur frisée sous le ventre rond et mou. Elle se met sur la pointe des pieds et plonge le regard dans son propre reflet, dans des zones inavouables, d'habitude masquées. Il ne lui est jamais venu à l'idée de se regarder ainsi. Délesté de toute couverture, sans les accoutrements du quotidien, ce corps lui semble un objet bien étrange et dangereux. Aucune différence avec un animal dont la carapace protectrice aurait été arrachée par un prédateur et qui se retrouverait la chair à vif, aussi vulnérable et fragile qu'un nouveau-né, prêt à être déchiré, fouillé et dévoré. Un squale échoué, pense-t-elle. Elle n'éprouve aucun plaisir à se regarder de la sorte, mais elle s'examine quand même, tentant de se voir avec les yeux d'un autre. Elle aurait voulu voir de la beauté, croire quelques instants encore aux choses que la voix lui a dites plus tôt, retenir de tout cela une sensation de folie juvénile, mais elle ne voit que les signes reconnaissables d'une vieillesse imminente. Son image ne lui offre aucune consolation.

Au bout d'une minute, elle détourne les yeux. Une pensée s'obstine à nourrir son angoisse.

Dès leurs premiers pas. Sans attente, sans préambule. Agenouillement.

Rien, avant, ne l'avait prévenue. Rien, après, ne lui offre d'explications.

Elle ouvre le robinet et se glisse sous le jet mou. Mais, riches et boueuses, les sensations qui l'inondent alors ne font que parfaire sa confusion.

Mars 2004

Le savait-on ? Les déesses ont un goût intime de courge amère. Passé la première fadeur, ce qui se révèle aux sens, par ce détournement de la foi autorisé aux seuls vrais adorateurs, est la richesse acide du secret. Longtemps après la fin de leur adoration, les pénitents agenouillés se souviennent encore comment ils ont découvert sur leur langue la visqueuse abondance de la bénédiction.

De leur bouche repue sortiraient les louanges du sexe féminin si les mots, comme toujours, n'étaient insuffisants.

Je ne savais pas, en venant ici, que je perdrais le sens des mots.

Je ne savais pas, en venant ici, que je rencontrerais la musique et les femmes.

Ici, où la vieillesse est grande, où le mot bonheur n'a pas de traduction parce qu'il est des quêtes plus importantes, où l'on marche sur des couches volcaniques d'histoire et de civilisation qui renvoient à la figure tout orgueil déplacé, ici, où l'on apprend à n'être rien et cela ressemble à un don, ici, oui, j'ai découvert l'attrait des femmes.

Je marche dans les rues de Delhi et le monde éclate de ce soleil qui jute de la crevasse des nuages et gicle sa moquerie sur la face des pauvres. Delhi est un soleil éclaté : il fait sang de toutes parts. Ce que je cherche, dorénavant, c'est ce goût sur toutes les lèvres. Rien d'autre ne pourrait m'assouvir.

Je marche dans Delhi, nageant dans son jus, dans ses salives, dans ses humeurs : un corps, une chair, un flair, des sens et puis plus rien. Ici, je comprends à quel point les exigences du corps sont souveraines. Les hommes et les femmes et les enfants, accumulés comme le sédiment d'une marée trop longtemps retirée, le savent, eux : que la vie est simple, dès lors qu'il s'agit de vivre l'instant présent et l'instant d'après sans mourir d'épuisement.

Non, je ne savais pas, en venant ici, que je rencontrerais à la fois la musique et le goût des femmes.

Peut-on ainsi renaître autre ? Transformation dans tous les sens, jusqu'au plus vif de soi ? Peut-être ai-je réussi à me tuer, là-bas, alors que je pensais n'en avoir fait que la tentative ?

Ombre hybride arpentant les trottoirs, je suis une femme, à la trace. Pour elle, sans doute, pour elle, dont la saveur hantée me demeurera jusqu'au bout de l'incertitude, la plus grande de toutes, oui, j'oserai revenir.

Tout est devenu simple. Vivre l'instant présent et l'instant d'après. M'appliquer à respirer chaque particule de mazout et de benzène qui écorche l'air ; former le pas prochain, prenant conscience du travail insensé des muscles et des organes et du cerveau pour l'accomplir ; tendre mes sens vers tout ce qui les assaille et les usurpe, tandis que le seul sens qui soit véritablement à moi reste inassouvi. (Le désir.)

Delhi m'assaille comme des vagues qui se suivent sans cesse, jamais pareilles, toujours brisées contre les écueils des hommes qui y naviguent. Au creux des vagues, au centre de leur violence, se situe la musique : un *alaap* — ce phrasé purement mélodique qui démarre le morceau — se déroule. Sans percussion, les notes s'égrènent. J'ai appris à aimer cette lenteur. Je n'attends pas, comme avant, que la partie rythmique commence. Non, aujourd'hui, c'est ce que j'aime le plus. La découverte d'un corps harmonieux qui, lentement, se dénude. Il se délivre de ses parures, de ses vêtements, de sa peau. Seulement là, il est prêt à être saisi et ravi. Sans l'étai du tabla, le raga, livide, liquide, ondoie comme les courbes du corps et s'effrite pour livrer au regard de longs pans de silence.

Prendre le temps du désir. Chercher les creux, les obscurs, les anfractuosités. Déranger les lisses sonorités d'une peau à peine touchée. Troubler l'eau trouble, et la troubler encore, jusqu'à ce qu'elle ne reflète plus rien d'autre que la violence.

Depuis que je suis ici, je vis et rêve en musique. Les mélodies me défont et me reconstruisent. Mais ce n'est pas une musique apaisante. Au contraire, elle s'obstine à fouiller les gravats de cette guerre qui a eu lieu en moi il y a longtemps et que j'ai perdue.

Je place sur mon index le *mirzab*, ce petit objet de fer avec lequel on pince les cordes du sitar. Je le serre autant que je le peux. Je ne l'enlève plus. Je vis avec jusqu'à ce que le fil de fer entaille mon doigt qui saigne, guérit, puis saigne de nouveau, formant une croûte que j'enlèverai pour voir la chair nue au-dessous. Parfois, un pus rosâtre en sort. Parfois, c'est un sang noir entrelacé de caillots, comme des humeurs sorties tout droit des ténèbres menstruelles. Je ne peux pas jouer, mais je peux donner de ma personne. Donner en allant bien au-delà de la soif, dans un monde de nuits rageuses et engorgées. C'est presque aussi bon.

Le sitar a une vingtaine de cordes dont seuls les virtuoses savent extraire toutes les variations. Les cordes sympathiques, situées sous les frettes, vibrent lorsque les cordes mélodiques sont pincées. Lourdes, quasi silencieuses, elles sont la partie mâle de l'instrument. À chaque concert, j'attends, bouche entrouverte, qu'elles se mettent en mouvement. Mon corps à moi dérape dès la première vibration, s'huile de sueur, s'enfièvre d'or fondu. Le sitar est devenu ma ligne de vie. Je me laisse happer par sa rondeur infinie.

J'ai appris par cœur les noms de ses parties : *kunti, tumba, tarafdar, parda, baj tar.* Dans le silence, ils résonnent, rappel à l'ordre, péremptoire séduction. Une femme gainée de bois m'attend quelque part dans ses ténèbres. À chaque mot prononcé, je me rapproche. Ses lèvres s'ouvrent pour dire : *kunti, tumba, tarafdar, parda, baj tar,* et moi, je réponds : je suis là.

Je suis là et ailleurs, mon regard s'attardant sur les gens et les choses, les hommes à la tête dodelinante et les femmes à la bouche concentrée. Je m'attarde sur la beauté des femmes, parce qu'elles portent en elles une innocence qui ignore tout de mon regard et de moi. C'est une innocence que je leur envie et que je ne demande qu'à briser. Je suis la courbe de leurs épaules dodues, de leur respiration accélérée, de leurs lèvres mobiles tandis qu'elles avalent la musique par goulées discrètes, de petites perles de sueur naissant à la commissure, leurs mains battant la mesure sur leurs genoux cachés et parfois inconsciemment écartés, les brins de cheveux s'échappant de leur natte ou de leur chignon : la musique les enveloppe d'un manteau soyeux sous lequel elles croient dissimuler leur exaltation, mais elles ne savent pas que mon regard passe outre, s'attache à chaque signe de leur fébrilité et l'absorbe, comme une faim de plus.

Je finis par identifier le sitar et le corps féminin, éprouvant un besoin identique, émouvant et inaccoutumé, de l'un et de l'autre. Je souhaite que l'un ou l'autre prononce ces mots magiques. En attendant, je les prononce moi-même et je répète : je suis là.

Mais, en disant ces mots, j'ai l'impression que quelque chose me trahit. Peut-être est-ce tout simplement le verso de ma personne qui manifeste sa présence quand on ne me regarde pas et me met au défi d'aller jusqu'au bout de ce jeu hasardeux ? Celui que je perçois comme une doublure angélique ou démoniaque, c'est selon, à ma peau : mon ange noir, la démence immanente qui me guette et qui devine ce que cache ce jeu de déguisement. Cette envie de dire les choses sans les dire, de prendre à contre-pied le pacte du mensonge pour mieux révéler l'envers de ma peau. En devinant qui je suis, il m'accule à la vérité. Pour une fois, me mettre en scène, devenir le sujet de mon histoire : cette tentation m'était jusqu'alors inconnue.

Je fais face au miroir. Pour un instant, avant de se troubler, le reflet me semble beau. Mais ce n'est que l'illusion de ce lieu qui habille même la misère de lumière, ces voiles d'indécence que sont les saris engouffrés de vent et de vertus amères ne demandant qu'à libérer les corps assujettis. Ces femmes me regarderaient-elles si elles savaient mes pensées ? Leurs yeux s'attarderaient-ils sur mes yeux sombres ? Sur mes mains musicales ? Sur la courbe de ma joue ? Ou bien passeraient-elles vite à autre chose, se désintéressant de mon corps et de mes allures gauches ? Non, je ne suis pas conforme à leurs images. Tout ce qu'elles pourraient savoir de moi serait faux.

Mais elle, elle, je ne l'ai pas cherchée : elle m'est venue. Ou plutôt, elle a toujours été là, suspendue à ce magasin d'instruments de musique tel un corps mort et lent qui le restera jusqu'à ce que je le découvre et l'anime.

Ne croyant pas au destin, je l'ai acceptée comme le fruit de la coïncidence. Un fruit mûr à point, mais que personne ne se décidait à cueillir. Suspendue à son arbre d'oubli, elle attendait, les yeux glauques, de cesser de pourrir. Elle regardait sans voir.

Elle était transparente, à peine esquissée, comme n'existant qu'à moitié. Comme moi, elle regardait un sitar dans une vitrine. Nos yeux convergeant vers ce point se sont croisés avant de se reconnaître.

Une lune laiteuse, voilà ce qu'elle était. Une mer de silence attendant la lumière réfléchie qui la ferait briller. Se pouvait-il que cette lumière vienne de moi ? Étais-je capable de tels miracles ?

Cela faisait des semaines ou des siècles. Je m'arrêtais devant ce magasin plusieurs fois par jour, mais, entre la tentation d'acheter l'instrument et l'angoisse de ne pas le mériter, je n'arrivais pas à me décider. Ce que je voulais surtout, c'était le tenir — ce sitar couché qui semblait m'attendre, un trou ouvert dans son ventre. Faire glisser mes doigts sur les cordes mélodiques et sympathiques (l'index faisant vibrer les premières tandis que le petit doigt glisse sur les secondes, voluptueux écartèlement). Libérer cette musique aux reflets argent qui semblait sortir de quelque chose d'organique plutôt que d'un instrument mort. Mort ? Non, certes, même inerte dans cette boutique sombre, il était tout, sauf mort. Il respirait. Il vibrait. Ses surfaces semblaient appeler l'adoration d'une paume. Et moi aussi, le regardant, je vibrais et tremblais de cette attente si bien articulée à la mienne.

Ce serait, oui, l'instrument qui réveillerait en moi un don quelconque, même inexistant. Notre éclosion serait commune et chaude, serait notre aboutissement. J'en oublierais mes déboires et ma dérive, mon absence de but précis, mon errance entre les êtres ailés et les objets de plomb.

Dans une autre vie, j'en avais eu assez de me conformer à une image. D'être toujours ce que je n'étais pas, au piège de la dissimulation. De ne jamais parvenir à passer outre à mes insuffisances. Je ne pouvais plus prétendre être un écrivain quand mes mots mouraient, à peine posés sur la page. Oh, il m'arrivait bien sûr d'accoucher d'hommes serpentiformes, d'étaler des soupirs comme une mer de lave sur des êtres paumés, de goûter de la langue des phoques au regard de femme et à l'odeur animale. Mais, passé l'exaltation et l'espoir de ce que j'aurais voulu — mais n'oserais — appeler des instants de grâce, je me retrouvais comme avant, face à ma boue humaine. J'étais incapable de m'arrimer à l'envol de mes personnages. Plus encore qu'avant, je savais que je n'étais rien.

Dans la plus longue nuit de ma vie, au bout de laquelle j'ai porté à la déchetterie mes maigres biens, mes manuscrits en cours, mes livres achevés et mes projets inachevés et les ai regardés mourir dans les dents d'acier de la broyeuse, j'ai mesuré l'étendue du vide et calculé avec une précision mathématique la longueur de la chute. J'ai imaginé, puisque là était mon unique don, la lenteur jouissive de l'agonie. Je ne sais pourquoi je ne l'ai pas fait. Peut-être me restait-il suffisamment de lucidité pour me dire qu'il est des tragédies bien plus graves que l'absence de talent.

J'ai accepté mon état de disgrâce. Le chapitre final était clos. Mon dernier livre avait coulé sans le moindre remous et j'avais écrit le dernier mot : rien ne me permettait plus d'espérer, comme d'habitude, que le prochain, le prochain, serait le bon. Il n'y aurait pas de prochain. J'avais épuisé les alternatives.

J'ai fui. J'ai disparu. J'ai mis en scène ma mort et tué en même temps ce qui m'empêchait de voler.

Ma disparition n'a donné lieu qu'à un entrefilet plus définitif qu'une annonce nécrologique. La conviction de mon anonymat a été le dernier clou. Mon dernier signe de vivant dans cette autre vie.

En arrivant ici, je me retournerais comme un gant. Faire peau neuve, c'est le cas de le dire. Mue magnifique du serpent qui se déleste de sa vieille peau devenue transparente et grisâtre pour renaître avec de nouvelles couleurs, même si elles ne sont visibles qu'à lui seul.

Au moment où je vais une fois de plus abandonner le sitar à sa solitude sans parvenir à me décider à l'acheter, je vois son reflet à elle, dans la même vitrine. Par un effet d'optique inattendu, elle se superpose à lui. Mêmes rondeurs en haut et en bas, long cou, chignon sur la nuque, jambes disparues sous le sari, et même sensation d'attente parmi les vents immobiles et contraires, sitar devenu humain ou, inversement, femme lignifiée et vernie, veinée d'ombre. Au vu de cette impossible correspondance, je me tourne vers elle pour m'assurer que je ne me trompe pas. Je vois alors une femme ordinaire, comme on en trouve partout dans les rues de Delhi. Quelqu'un qui n'entend rien au monde à l'entour, et qui ne sait rien de ma présence toute proche. Un refus absolu de faire partie, de s'engager, de s'unir, de triompher, de passer outre, de déranger les choses, de sortir de son armure. (Mais n'était-ce pas mon propre reflet que je voyais ?)

Elle s'est tournée pour partir sans même me voir, rentrée en elle-même, inatteignable. Elle a resserré le pan de son sari sur ses épaules. Sous la finesse du tissu, l'échancrure de la blouse laisse entrevoir une poitrine abondante. Peut-être n'est-elle même pas consciente de son attrait ? Peut-être n'y a-t-il eu personne pour le lui apprendre et réveiller en elle quelque orgueil endormi, quelque secrète vanité ?

Tous les remous de mes nuits de solitude à Delhi me sont revenus. J'ai entendu en écho les mots du sitar. Elle a concentré les objets de mes envies. J'ai caressé la blessure du *mirzab* sur mon index et, à travers cette douleur douce-amère, j'ai perçu en elle la promesse d'une musique qui n'avait pas encore été jouée et qui, même désaccordée, contiendrait sa secrète harmonie. Je l'ai imaginée, touchant cette entaille suppurante et y portant la bouche pour la guérir. Je l'ai imaginée, guérissant par la douceur de sa bouche toutes mes blessures.

Ainsi était-elle décrite par Satyajit Ray, cinéaste essentiel, dans *La Maison et le monde* : Bimala, lourde de ses apparats d'épouse, sari somptueux, gros point rouge sur le front, bijoux, est embrassée par Sandeep, le jeune révolutionnaire. Bimala est gauche, on la sent roide dans ses beaux atours tandis que Sandeep est libre dans sa cotonnade blanche, il est mince et flexible, jonc face à l'arbre féminin, mais ensuite elle lève le visage, les yeux détournés, comme se niant elle-même, refusant d'admettre qu'elle est là, faisant ça, et on sait que la barrière, depuis longtemps, est rompue.

Quand j'ai vu ce film pour la première fois, j'ai eu la surprise de découvrir que j'avais envie, avec Sandeep, de défaire ce sari et d'arracher d'elle cette protection rigide pour la révéler telle qu'en elle-même, cheveux longs, regard caché, bouche silencieuse et calme. Pâle souffrance d'une femme longtemps amputée de ses rêves mais qui les voit renaître comme un bras fantôme.

Je n'ai pas compris cette pulsion soudaine, mais je n'ai pas lutté contre elle. Pourquoi le ferais-je ? L'imagination n'est soumise à aucune règle. Je n'ai eu aucun mal à poursuivre cette scène, non avec la discrétion du cinéaste, mais avec ma liberté à moi. Seulement là, une fois la barrière de textile rompue, ce corps honteusement offert qui voudrait se dérober au regard mais qui, dans son ampleur, occupe toute la vision est enfin prêt à être joué comme le sitar, cordes sympathiques, cordes mélodiques, écartèlement des doigts pour faire vibrer les centres du plaisir afin que la mélodie s'en échappe, neuve, claire et virginale. Et je me suis dit alors que je saurais, comme personne d'autre, oui, cela était incontestable, je saurais, moi, faire parler ce corps : je *le* savais.

Oui, cette femme-là, à ce moment-là, calque du sitar, malgré tout ce qu'elle avait d'ordinaire, m'a fait penser à Bimala, et je l'ai suivie pour me persuader que je ne me trompais pas.

Suffirait-il de jouer en virtuose de l'instrument pour l'allumer de lumières et de couleurs nouvelles et franchir ses ténèbres ?

Je me mets à la fenêtre pour écouter le babillage lointain de la ville. Klaxons, moteurs, cris d'oiseaux, cris humains, cris divins, la voix de la grande ville et sa musique cendreuse ne sont jamais loin. J'ai cru pendant un temps que je m'y intégrerais sans effort, mais ce n'était qu'une illusion. Ses reins maussades ne sont pas faits pour me recevoir. Ses hommes aux bidis malodorants règnent en maîtres et les femmes restent insoupçonnées.

Mais en ce moment précis — debout à la fenêtre, les narines remplies d'une promesse de mousson apportée par le vent — je pense à la femme au sitar et je me dis que la musique, finalement, ne sera jamais qu'un prétexte : ce que je veux, c'est entrer dans sa démesure, celle qui est si étroitement enroulée autour de son corps avec les cinq mètres d'ordre et de sagesse du sari que, pour la libérer, il me faudra lui arracher la peau.

Ce que je veux, c'est trouver l'autre de ma déraison.

Avril 2004

Un jet mou. C'est tout ce que lui concède le robinet alors qu'elle voudrait être inondée. Elle se savonne avec rudesse, refusant la caresse de ses propres mains. En certains endroits, elle insiste un peu trop, s'exaspérant de brûlures. L'eau raye le souvenir hors de sa peau. Chaque goutte est une égratignure.

Des rigoles mousseuses se forment autour d'elle et vont se perdre dans la bonde. La savonnette s'échappe de ses mains et valse au fond du carré de la douche. Elle se penche, la saisit et la retient, glissante, gluante, entre ses mains.

Arrêt, ainsi penchée : douleur dans son corps, pas dans un endroit en particulier, mais rayonnée. Elle se couche dans le carré de douche et se laisse noyer doucement. Ses cheveux s'évadent, tentaculaires, dans la mare savonneuse.

Ses cheveux la longent. L'eau entre par ses narines, par ses oreilles. À l'intérieur, elle coule, avec une musique lasse, dans toutes ses parties dissimulées. Elle ouvre la bouche. L'eau entre par sa bouche ouverte. Elle croit étouffer et recrache tout.

Plus tôt, plus loin : elle est entrée. Une lumière oblique l'a saisie. Elle s'est immobilisée. L'autre s'approche, obscurcissant et déformant l'espace qu'elle a toujours préservé autour d'elle, ses douves, sa frontière. Se glisse en avant, volant des caresses à sa bouche, bravant l'interdiction de ses dents. Et sombre sous son regard, cherchant un lieu interdit, soulevant, défaisant, écartant des couches et des couches de tissu et de convenances, y aboutissant enfin dans un bruit à la fois de soieries en déroute et de poumons épuisés et ne rencontrant presque aucune résistance, tandis que des siècles de conditionnement battent en retraite.

Elle croit étouffer et recrache, vite, le souvenir.

Elle se sent fatiguée. Cela fait plusieurs nuits qu'elle dort à peine. Elle sort enfin de la douche et se sèche, enfile un *choli* et un jupon propres comme s'il s'agissait de quelqu'un d'autre, quelqu'un de vaguement malade dont il lui faut s'occuper mais pour lequel elle ne ressent aucune tendresse. Elle va s'allonger dans la chambre à coucher. Les jalousies masquent le soleil trop bruyant et l'empêchent d'attiser davantage le corps en tumulte. Elles strient le visage de Subha. Le contact des draps en coton amidonnés est une caresse rugueuse sur ses jambes encore humides. Elle pose la main sur l'espace de chair nue entre le *choli* et le jupon. C'est doux, moelleux, accueillant. Mais ce corps demeure étranger, repoussant toute tentative de l'habiter.

« Qu'est-ce qui t'arrive ? Tu es malade ? »

Jugdish est entré sans qu'elle l'entende. Ses yeux s'accrochent aux jambes abandonnées, à la main posée sur le ventre, à l'incompréhensible relâchement de sa femme. Les taches rouges sous le clair du bras suggèrent autre chose qu'une simple irritation due à la chaleur. Impression onduleuse, dans ses cheveux éparpillés, dans tout son corps. Pendant ces quelques secondes, elle croit voir dans l'œil de son mari une étincelle, longtemps oubliée, de concupiscence.

« J'avais très mal à la tête, dit-elle. Je me suis endormie. »

(Je sors de la chambre de quelqu'un d'autre ? Je dors encore ? Ne me réveille pas.)

« Tu peux te reposer encore un peu, si tu veux », dit-il. Ses yeux continuent de la suivre, rivière sinuant à ses pieds, il a sûrement envie d'y nager un peu. Il y a un petit sourire au coin de sa bouche. Quelque chose d'endormi s'agite, forme un point d'interrogation. Pour cacher sa confusion, il s'assied au bord du lit. Il y a une pesanteur d'homme dans ce mouvement.

Elle fait un geste pour se lever, mais il la retient en posant la main sur sa cuisse.

« Non, reste », dit-il.

La main caresse en propriétaire le jupon et ce qui se trouve au-dessous. Contact imprévu, si différent des accouplements hâtifs, la nuit, dans l'obscurité, à moitié habillés, à moitié aveugles. Ils deviennent conscients d'eux-mêmes alors qu'ils préfèrent d'habitude ignorer que l'un et l'autre ont un corps.

Il n'empêche que Jugdish semble prendre plaisir à ce qu'il fait, que sa main est à présent sur la bande de peau nue, pressant le bourrelet de graisse (sympathique ? Un peu écœurant ?), puis s'élève en suivant la courbe de sa poitrine et finit par se poser sur son sommet comme un camion qui a péniblement gravi une côte.

Subhadra ferme les yeux et détourne le visage, ne sachant si elle doit repousser sa main. Cela lui semble d'une ironie désolante. Que cela arrive aujourd'hui justement, comme s'il avait senti, flairé, humé en elle une autre présence et, tel un animal, avait éprouvé le besoin de rétablir ses droits.

Est-ce moi que tu cherches ou l'autre ? se demande-t-elle.

Cherche-t-il son ombre laiteuse ? Des restes collants retenus dans ses ténèbres, là où ni le savon, ni l'eau ne peuvent s'immiscer pour en diluer le souvenir ?

Il se penche vers elle, met son visage au creux de son cou, respire profondément sa peau savonneuse, écarte d'un geste le décolleté du *choli*, découvre sa poitrine vers laquelle, déjà, sa bouche se dirige, mais elle le repousse.

Il est trop tard pour cela, pense-t-elle, ce désir jamais éveillé jusqu'à ce jour a fait de moi autre chose qu'une victime complaisante, que ta partenaire d'indifférence. Je ne suis plus la même. Ce corps est différent. Tu ne lui es plus rien, aucun de tes effleurements ne me touche.

« Mataji est seule... », murmure-t-elle en guise d'excuse, se relevant et se recouvrant. Il soupire, mais se résigne. (L'idée de sa mère, non loin, à l'écoute des moindres bruits, est bien suffisante pour le décourager — la résignation est dans ce cas précis l'option facile.)

« Elle attendait sa tasse de lait quand je suis arrivé, dit-il.

— J'y vais. Dis-lui que je ne me sentais pas bien.

— Non... Laisse. Je vais m'en occuper. Repose-toi encore un peu, si tu veux. »

Son pas est sautillant. Son bref accès de masculinité remue encore l'air. Elle reste assise au bord du lit. Elle l'entend manipuler, en homme inhabitué aux tâches ménagères, la casserole dans laquelle il va chauffer le lait. Combien de temps lui faudra-t-il pour bouillir et déborder ? se demande-t-elle. Elle somnole un peu en attendant, toujours assise. Les bruits deviennent distants, étrangers. Elle se sent si bien, hors de portée d'elle-même. Pour une fois, ces petites tracasseries ne trouvent en elle aucune prise, aucun écho. Elles glissent sur la Subha neuve sans l'interpeller. La vieille Subhadra regarde tout cela avec une désapprobation grandissante. La vieille Subhadra grommelle sans qu'elle s'entende, d'une voix de plus en plus lointaine.

Gros mouvements. Bruits. Casserole vite ôtée du feu, doigts brûlés, lait renversé sur la cuisinière répandant une odeur cireuse et sucrée. Pas dans le couloir.

« Tu peux venir ? Le lait a débordé… Je l'ai laissé bouillir. »

Il reste debout à la porte, incertain.

« Ce n'est pas grave… J'arrive. »

Il la fixe anxieusement, comme s'il avait craint sa réaction. Ce n'est pas le cas. Ce n'est qu'un jeu, même pas une connivence, puisque cela ne l'amuse pas, elle. Ce sont ces petits pouvoirs-là qui font croire aux femmes qu'elles ont une importance quelconque alors qu'il n'en est rien.

Son dos, tandis qu'il retourne au séjour : confortablement usé par les années, pas trop plié par le travail ni recourbé par les incertitudes de la vie. Un dos engoncé dans la tiédeur et la mollesse de ce qui doit lui sembler une vie exemplaire, une vie à porter comme un manteau et non comme un fardeau, une vie de semi-privilégié dans ce pays qui compte tant de broyés.

Dans la cuisine, Subhadra ouvre grand les fenêtres pour faire partir l'odeur de brûlé, nettoie la cuisinière tachée, chauffe à nouveau du lait jusqu'à la bonne température, plutôt tiède que chaud, le verse dans un verre, enlève avec une petite cuiller la peau qui s'est aussitôt formée à la surface, pose le verre dans une soucoupe et le recouvre d'un petit filet en crochet avec des billes colorées tout autour, pour le protéger des mouches. Tout cela sans que sa pensée en soit le moindrement interpellée. Un automate, prêt à toutes les urgences. Elle ouvre un paquet de biscuits Jacobs et en met deux dans la soucoupe. Ces biscuits importés, très sucrés et fourrés au chocolat, offerts à la place des beignets qu'elle a faits à la maison, devraient rendre à sa belle-mère un peu de sa dignité bafouée. Mais, dans le séjour, elle ne trouve que Jugdish lisant le journal, seul.

« Où est Mataji ? demande-t-elle.

— Sur le balcon », murmure-t-il.

Dehors se dessine la petite silhouette de Mataji, assassinée de soleil dans un fauteuil en rotin. Un vent chaud souffle, apportant du désert cette poussière sableuse qui envahit les moindres recoins de la ville en cette saison et les teinte d'ocre sombre. Il est inutile de tenter de l'essuyer ou de la balayer : la minute d'après, elle se sera réinstallée. La poussière — le défi quotidien des ménagères de Delhi, leur grande bataille perdue d'avance. Le balcon trop exposé fourmille de lumière crue. Il sert de débarras aux choses qu'on a l'intention, un jour lointain et qui ne viendra jamais, de réparer : tables, chaises, abat-jour, vieux vélo d'enfant de Kamal, postes de radio éclopés, souvenirs qui n'ont plus cours, autres soi désaffectés. C'est là que Mataji, déchet irréparable, a temporairement élu domicile. Elle se balance dans le fauteuil, les yeux lointains, grommelant des griefs ou peut-être des prières d'une voix jaunie. Des mainates la regardent de l'immeuble voisin avec une certaine curiosité. C'est peut-être la première fois qu'ils voient un tel animal sur ce balcon ? pense Subha avec une irrévérence inhabituelle en les entendant appeler de leur voix criarde et presque humaine. Le ciel, aujourd'hui, a la même couleur que les yeux délavés de cataracte de Mataji. (Elle veut les laver dans les eaux du Gange pour les soigner plutôt que de braver la salle d'opération.)

Subha pose le verre de lait sur une petite table en s'empêchant de trembler.

« Je n'ai pas soif, dit la vieille sans la regarder.

— Excusez-moi, j'avais très mal à la tête et je suis allée dormir », dit Subhadra. Elle s'assied sur un tabouret, à ses pieds dont la peau est fine et râpeuse, pareille à une terre desséchée. La plante est très dure. Subhadra le sait pour en avoir tant de fois limé la croûte, en se disant avec colère qu'elle ferait mieux d'utiliser un rabot. Elle semble à peine vivante. Même l'odeur qu'elle dégage est momifiée. « Il fait si chaud en ce moment. Vous ne devriez pas rester dehors. Il y a le ventilateur, à l'intérieur. Vous ne voulez pas rentrer ? Jugdish est tout seul. Il vous attend pour vous lire les nouvelles. »

Au bout de longues minutes de douces exhortations en guise de massage d'âme, Mataji daigne rentrer. Elle regarde son fils avec pitié. Il lui sourit avec un peu de détresse. Mère et fils, inséparable engeance. Subhadra lui rapporte son lait et ses biscuits. Elle mange du bout des lèvres. Le lait s'accroche à la fine moustache qui lui ponctue la lèvre supérieure. Le chocolat laisse une tache sur ses vêtements. Jugdish est rassuré. Il leur commente les actualités, comme il le fait chaque jour, petit rituel qui n'a aucun sens puisque la télévision leur dit déjà tout, mais qu'ils accomplissent quand même parce que c'est le rôle de l'homme que de partager son savoir. Subhadra l'écoute d'une oreille distraite, tout en regardant deux pigeons qui ennuagent de poussière le balcon. (Un tel abandon, dans leurs ailes battantes, dans leur ventre duveteux, dans leur bruit de gorge. Leurs becs se rencontrent, s'affrontent, s'attardent, se dévorent. Exposés au regard de tous, ils sont, néanmoins, seuls dans leur intimité. Un instant, elle croit qu'ils s'arrêtent et la regardent en clignant des deux yeux.)

Ce qui se passe dans le pays, évoqué par Jugdish dans le langage télégraphique du journal, se déroule en vagues mourantes aux pieds de Subha :

« "Bagarres entre musulmans et hindous dans un village non loin d'Ahmedabad. Quatre-vingts musulmans piétinés par la foule en colère. Dix hindous empalés sur des pieux par vengeance. Vingt enfants disparus. Cinquante femmes violées puis éventrées. Chiffre officiel des victimes : cent cinquante. Chiffres avancés par les manifestants : mille."

— C'est ça, il faut se venger, dit Mataji en se léchant la lèvre pour y décrocher les restes de chocolat et de gloutonnerie. On s'est assez laissé faire comme ça. Ils vont tous nous massacrer. Se venger, oui, oui, c'est bien, c'est très bien. Continue.

— "Sept fermiers endettés s'immolent par le feu devant le Parlement, poursuit Jugdish, implacable, de cette voix qui ôte son horreur à cette énonciation macabre. Le suicide des agriculteurs : un phénomène social. Au Sri

Lanka, les Tigres de l'Eelam Tamoul font exploser un marché local. Cinquante personnes tuées. Des maisons de Tamouls brûlées en représailles, avec tout ce qu'il y avait dedans, meubles, bêtes, humains, bébés, vieux."

— Comment ? Les vieux aussi ? s'indigne Mataji. Il n'y a plus de respect en ce monde. Ce péché les poursuivra pendant mille ans ! »

Sur l'autre face du journal, il y a un titre que Jugdish ne lira pas : « Une vierge nue de dix ans mise en pièces par des hommes enragés. » Pourquoi ne lirait-il pas la suite ? « Petite fille d'un bidonville exposée nue sur son lit par sa mère. Sa virginité mise aux enchères. Fureur des hommes dont l'offre est jugée trop faible par la mère. Petite fille mise en pièces après avoir été violée par tous les hommes présents. »

Fin du fait-divers sur la dernière page du journal.

Mais ce n'est pas le genre de nouvelles que lira Jugdish. Jugdish ne lit que ce qui ne choquera pas sa mère : des musulmans assassinés, des paysans immolés, de jeunes brus incendiées par leur belle-mère. Une enfant exposée, une virginité vendue aux enchères, un petit animal offert en pâture, ça, non, cela révèle trop du ventre de ce pays. Mataji serait choquée, outrée. Mataji dirait que ces feuilles de chou ne colportent que des mensonges à propos de leur grand pays non violent. Réfugiée derrière la parole de

Gandhi, Mataji refuserait tout ce qui pourrait contredire l'illusion de la grande Inde philosophale.

« "Les technologies nouvelles utilisées par le parti nationaliste BJP pour convaincre les gens de voter pour lui, annonce Jugdish, inconscient des pensées de Subha. Des messages racistes dirigés contre Sonia Gandhi envoyés par SMS à des millions d'utilisateurs de téléphones portables."

— Mais oui, dit Mataji, pourquoi cette étrangère deviendrait-elle Premier ministre de l'Inde ? Comme si on n'avait personne de capable ici. Qu'elle aille faire de la politique chez elle, en Angleterre !

— Ma, elle vient d'Italie, pas d'Angleterre, dit doucement Jugdish.

— C'est pareil ! Elle est une Blanche ou pas ? Elle est une étrangère ou pas ? Elle n'a rien à faire chez nous ! »

Et ainsi, cela continue : Jugdish parle, Mataji renchérit ou s'indigne. Jugdish ne juge pas, ne commente pas, c'est Mataji qui le fait. La rancœur fermentée de ce corps à moitié pourri projette ses relents dans la pièce. Son monde se resserre, se résume à cela : crimes, attentats, vengeances, gangrène de haine envahissant ce corps trop usé qu'est l'Inde.

De la ville, les insultes s'élèvent, eau malodorante éclaboussant les visages. Aux insultes succèdent les coups, d'abord légers, puis mortels.

Ici même, dans l'immeuble, lors d'une dispute à propos des ordures, les voix, d'un seul coup, ont grincé d'une hargne inhabituelle et la dispute s'est transformée, s'est chargée d'une menace qui embrassait bien plus qu'une simple poubelle défoncée. Les portes, depuis, se sont barricadées.

Et pourtant, quelque chose chez Sonia, qui lui semble si indienne dans son sari pâle, attire et réconforte Subha. Une impression peut-être erronée de quelqu'un d'entier. Les hommes du parti nationaliste, eux, semblent uniquement guidés par la rage. Elle n'a jamais osé le dire à Jugdish, qui approuve leur politique et qui n'imagine même pas qu'elle puisse avoir une opinion personnelle à ce sujet. Combien de temps faut-il, ici, pour cesser d'être étranger ? Chaque femme n'est-elle pas étrangère à la famille de son mari, venue de l'extérieur, acceptée le plus souvent à contrecœur et avec résignation, comme si elle ne serait jamais tout à fait digne d'en faire partie ? A-t-elle jamais cessé d'être une étrangère aux yeux de Mataji ? N'a-t-elle pas toujours été regardée avec mépris par cette femme dont la seule supériorité provient de ce mâle qu'elle a enfanté, même si au fond le spécimen n'est pas spécialement remarquable ?

Une nausée lui monte à la gorge, tandis qu'elle découvre que les rancunes accumulées ne se sont pas estompées. Un goût de fiel lui colmate la bouche. Quelque chose, en cette union du fils et de la mère dans un même abrutissement, l'envahit d'une humeur noire.

Elle regarde, par la fenêtre ouverte, les toits de Delhi ; immeubles, quartiers pauvres, bidonvilles, monuments antiques, buildings ultramodernes ;

la ville ne s'épargne aucun contraste, aucune insulte crachée à la face des dépossédés.

La ville tentaculaire et téméraire s'ouvre sur d'autres villes cachées, sur des mondes souterrains que l'on peut côtoyer chaque jour sans jamais les connaître. Des strates isolées les unes des autres, chacune avec ses codes et son langage. Et ils se contentent de cette coexistence ; les habitants des appartements, sorte de dieux solaires à l'abri de la faim et de l'obscurité, ne connaîtront jamais les noms de la masse gélatineuse qui dort plus bas, dans le hall d'entrée, avec ses plaintes et ses clapotements, et celle-ci, qui paie un loyer pour l'espace à peine plus grand que le corps qu'elle occupe la nuit, est elle-même moins démunie que la fange qui dort sur le trottoir ou dans les dépotoirs. Il y a toujours une lie au-dessous de la lie. Même sous la chaussée, des rats et des cloportes s'organisent en bandes. Ils ne sortent que la nuit pour mordre et infecter. Jugdish lira-t-il demain : « Enfants des bidonvilles mordus par les rats et infectés par la peste » ?

Chacun, dans sa bulle, égrène son chapelet de chances. Qu'importe si autour de soi les choses semblent se désagréger et que le sang, de plus en plus, éclabousse les murs, du moment que l'on peut continuer à suivre avec optimisme sa route étroite ? Les immolés brûlent d'une grande flamme solitaire tandis que les vivants, pâles et indifférents, vivent.

Entre Jugdish et Mataji, complices, le corps rouge d'une petite vierge déchirée et des visages de fermiers exsangues la regardent. Répondra-t-elle à cet appel ? Rien n'est moins sûr.

Car rien de tout cela n'a d'importance à cet instant : devant Subhadra, cinquante-deux ans, mariée depuis trente, pleine et charnue, longue chevelure noire, teint laiteux, yeux soulignés de noir, une femme ordinaire, on vient, pour la première fois de sa vie, de s'agenouiller.

Cette pensée qui lui arrive, alors qu'elle fait face à Jugdish et à sa belle-mère, la fait frémir. En même temps, quelque chose en elle grince de rire en imaginant leur visage, si jamais.

Elle frissonne et se met debout, un peu trop brusquement.

« Tu te sens mal ? demande Jugdish.

— Je crois que j'ai de la fièvre…, murmure-t-elle.

— C'est la ménopause, décrète Mataji. Des chauds et froids, les pieds qui transpirent et puent, les vertiges, tout ça, c'est la ménopause. C'est de ton âge », ajoute-t-elle avec satisfaction.

Subhadra croit voir une lueur de cruauté dans ses yeux : elle n'est plus seule sur son chemin de décrépitude.

Elle la regarde sans rien dire. Debout sous les regards conjugués de Jugdish et de Mataji, elle voit le monde se creuser d'une rainure en son milieu. Cette déliquescence la fait chanceler. Elle serre les dents, se force d'être telle qu'elle est d'habitude, calme et unie comme un vent froid. Mais, dissoute par l'acide de ces regards qui ne savent rien d'elle, elle ne se retrouve pas.

En sortant, elle jette un coup d'œil discret sur le stuc pour voir si elle n'y laisse pas de traces de sueur. Il n'y en a pas. Cela la rassure. Je n'en suis pas encore là, pense-t-elle.

« Je vais préparer le repas », dit-elle, résignée à ne pas se comprendre.

Du temps, un peu de temps, demande-t-elle, avant que ne commence l'inévitable perte, le délitement annonciateur de la mort de la femme avant sa mort. À peine, à peine, a-t-elle commencé à le comprendre : elle n'a pas encore vécu. Dans la cuisine, la chaleur de la cuisinière rejoint celle qui commence au niveau de sa poitrine, puis s'étale lentement. Chaud, chaud, chaud.

Mars 2004

Quand le soir tombe et que vous ne trouvez plus en vous l'intime consolation du mot, quand vos mains ne se tendent plus vers le clavier pour faire jaillir ce que vous espériez être votre propre éclosion de rage et d'amour, ce flot lointain qu'il suffit parfois de capter en faisant taire la pensée, en s'ouvrant à ses tentations malaisées, quand ne vous restent que l'attente et le vide de l'attente, alors ne s'élève plus aucun rempart contre les barbelés de la nuit.

Comment raconter l'histoire d'un dessèchement ? Quoi de plus banal, de plus abject que l'écrivain qui se raconte en prétendant croire que le lecteur n'a qu'une envie, celle de suspendre quelques heures de sa vie pour en suivre une autre dans laquelle ne se passe rien d'autre que le mortel silence du tarissement ?

Non, c'est pour cela que je ne vais pas vous la raconter, cette histoire. Au moins, je n'ai pas cette prétention-là. Je préfère dire ma rencontre avec cette femme qui m'élude depuis si longtemps — une femme en rouge, en noir, en orange, peu importe, c'est la même —, parler de la possibilité d'une disgrâce, de la probabilité d'un échec, de l'impossibilité d'une transgression. Si le but n'est pas d'aller plus loin dans l'exploration de l'interdit, dans la découverte du secret humain, dans la mise en mots de l'indicible — quitte à se retrouver, comme dirait Eliot, au point même d'où nous sommes partis —, cela ne vaut même pas la peine de commencer.

Commencer, alors, par un agenouillement ; et sourire en écrivant ces mots : un agenouillement n'est pas un acte anodin.

Ce début n'est pas anodin non plus. C'est l'entrée en matière d'un jeu de piste.

Car à quoi bon que l'on se dise, dès les premières lignes lues, que c'est là son sujet habituel, son style habituel, sa noirceur habituelle ? Que rien n'a changé depuis mon dernier ouvrage sauf la difformité du personnage central, sauf sa faim, sauf son attente de rien ? S'il n'y a pas au moins une tentative de renouveau, autant ne rien tenter du tout. Si je n'offre autre chose que mes sentiers mille fois parcourus, autant me taire. Je devrais prendre le risque de montrer cette face cachée que personne ne soupçonne.

Mais puisque mon souffle s'est tari, je ne peux même plus espérer trouver dans ces pages l'espoir d'une suite. Je dois faire acte d'humilité totale. Ce que j'écris ici ne le sera que pour moi. Comment pourrais-je d'ailleurs livrer de moi ce visage que personne ne connaît ? Exprimer mon envie de chair, des mots de la chair, des vies de la chair, des rires de la chair ? Dire que l'écriture n'a été, finalement, qu'une manière de parler de cela, du corps et rien d'autre ? Des fantasmes qui peuplent les phrases, des ombres livides qui en jaillissent pour se glisser entre mes cuisses et revenir ensuite imprégner l'encre de leur glu ? Non ; je devrai encore et toujours me déguiser. N'offrir de moi que la plus plane des images, ce masque trop lisse pour être vrai, mais qui séduit encore. Je ne pourrai livrer de moi que le mensonge, parce que la vérité serait bien trop dangereuse.

L'objectif du romancier est de se cacher le mieux possible derrière ses mots. Mais si d'aventure l'envie lui prend de se révéler, il le fera de telle façon que personne ne reconnaîtra la vérité. Méfiez-vous du mensonge du romancier.

Et ainsi, je dors tout près du froissement de celle que j'ai décidé d'appeler Bimala, comme la femme du film. Je l'ombre de mes nuits de rupture. Je l'habille de la crépusculaire attente d'aimer et de mourir. Et je m'arme de patience.

Dans mon ventre, rien de patient, pourtant. La pesanteur de la nuit devient un corps accolé au mien. Le séisme des sensations ne tarde pas à se faire sentir. Mais rien ne presse. Tu peux être aussi patient que moi, dis-je à ce désir qui manifeste d'heure en heure plus férocement son urgence. Un jour, elle sera à moi. À toi. À nous deux. (Je me découvre et me caresse en pensant à ce jour-là, mais je ne m'offre pas de soulagement immédiat. C'est une tension qui me met dans un état à la fois d'énervement et d'indolence.) Je sais que tu l'attends, lui dis-je, mais ne hâte pas trop les choses. L'attente n'est-elle pas en soi un délicieux plaisir, un supplice exquis ? Et quand viendra le moment, qui aura le beau rôle ? N'est-ce pas toi qui seras touché et choyé ? De ma main frémissent des notes non consommées. Doux gémissement d'une solitude incomblée.

Dehors, il y a les voix, curieux mélange de douceur et d'aigreur. Elles suivent les heures du jour, éclatantes au matin, étouffées au soir quand les rythmes sont lents. Quand je dors, je les entends encore, peuplant mes rêves. Au matin, j'ai l'impression d'avoir vécu longtemps. Je crois qu'ici je vieillis plus vite même si, en réalité, je ne suis qu'un enfant face à l'antiquité des lieux.

C'est peut-être tout ce que j'ai été, jusqu'à présent. Un accessoire dans une autre histoire. Ou bien l'esprit qui les invente sans jamais en faire partie. Il suffit d'être étranger, et l'on est déjà dit. D'ailleurs, à Delhi comme dans le monde clos d'un livre, tout le monde est étranger. Tous viennent d'ailleurs. Chacun se croit obligé de citer une longue généalogie géographique pour prouver qu'il existe. En fin de compte, ils ne sont jamais d'ici. Le mouvement incessant parle d'une population toujours en partance, jamais arrivée.

Ils sont si contents de penser me deviner. Il y a une touchante simplicité dans leur catégorisation de ceux qui ne sont pas d'ici, alors que ceux d'ici, au contraire, sont morcelés en identités de plus en plus étroites qui ne se résolvent jamais. Velluram, le vendeur de thé tamoul, souriant et édenté (il économise pour s'acheter un dentier afin de pouvoir se marier, mais je pense qu'il sera mort avant), a décidé pourtant que je suis d'ici, un enfant prodigue, revenu après des siècles de *Mirich Desh*, même si j'ai pris l'avion de France. Il tente de décoder mon passé. Je le laisse faire. Qu'importe ? Je ne suis plus là-bas. Je suis ici. Autre espace-temps. Certitudes diluées, bouleversées. L'Inde, la part de l'inconnu en soi, pays sans nom véritable, puisque tous ses noms sont des noms d'emprunt.

Entre ma logeuse, Mme Pandey, et moi se crée une relation de patiente observation. Elle n'approuvait pas, au début, mon indépendance. Elle voulait me prendre sous son aile, se charger de ma vie, devenir ma mère par procuration, m'exhiber aux gens du quartier comme un trophée de guerre ou une curiosité. Ce besoin qu'ont les gens de me protéger me surprendra et m'exaspérera toujours. Peu importe mon âge, je resterai de ceux, capturés par une éternelle enfance, qui n'atteindront jamais l'âge adulte. De ceux qui ne seront jamais des sages ou des saints, mais d'éternels disciples. Peut-être est-ce pour cette raison que mes livres ne sont pas pris au sérieux : cette fragile esquisse d'humanité ne peut pondre des chefs-d'œuvre. Tout au plus des fragments de beauté vite dissipée.

Mon apparence vulnérable, mon expression dérobée, comme si je m'efforçais de m'effacer du présent, éveillent des instincts protecteurs qui n'ont pas lieu d'être. Je regarde la photo sur le dos de mon dernier livre (le seul exemplaire que j'aie gardé par un ultime acte de lâcheté), une photo qui me baigne d'un soleil rouge, et je vois dans mes yeux une pointe d'ironie et de perversité que personne, peut-être, n'aura su reconnaître. Et même si quelqu'un avait su le voir et avait voulu me suivre pour cette ambiguïté décelée, j'ai si bien effacé mes traces qu'il lui serait impossible de me retrouver.

C'est là une des choses que j'ai décidé de laisser en arrière. Les loyautés inavouables. J'ai tout de suite signifié à ma logeuse que la démarcation entre nos deux territoires serait claire. Je ne suis plus l'être timoré qui jadis s'enfermait pendant des jours par terreur de laisser libre cours à sa folie. J'ai décidé de réinvestir les lieux perdus dès le stylo posé. Je serai mes personnages, n'écoutant que leurs rêves et leur rage, et je serai l'être qui les crée et qui n'a peur de rien.

Quand Mme Pandey a fini par admettre, après quelques tentatives infructueuses, que je ne changerais pas d'avis, les choses sont devenues plus simples. Elle a cessé de m'importuner, même si je sens qu'elle me surveille malgré tout, comme un œil collé au plafond. Parfois, elle m'invite à manger chez elle, mais, malgré les délicieuses odeurs de cuisine qui accompagnent et renforcent son invitation, je préfère décliner. Il ne s'agit pas d'une soirée, il ne s'agit pas d'un geste de bon voisinage. Je dois échapper à son emprise. Je ne suis pas là pour ça. Je suis au-delà de tous les chantages, de tous les marchandages humains. Plus aucune négociation possible. Je suis — pour autant que l'on puisse dire — libre.

Le soleil qui entre par les impostes dès cinq heures du matin m'empêche de dormir. Mes draps sont embrumés de rêves chauds. Je sors tôt pour tromper la vigilance de la lumière. Je n'ai plus peur de la rue ni des regards. Mais tout le monde fait comme moi et, bientôt, la rue est encombrée de scooters et de marchands ambulants et de porteurs tenant en équilibre sur leur tête des balles de riz de cinquante kilos, ou, sur le vélo qu'ils poussent, des empilements de planches de plusieurs mètres de long, des armoires, des matelas. Ma promenade vers le petit parc non loin devient un parcours d'obstacles. Je m'y habitue. Je me faufile. Je contourne les enfants encore endormis sur le trottoir sans les réveiller, avec un regard de tendresse navrée pour leur petite bouille sage. Je laisse, subrepticement, un fruit, un vêtement, un stylo, auprès d'eux. Mais je sais que, si je les réveille, le regard qu'ils ouvriront et poseront sur moi ne sera pas rempli des rêves de la nuit mais de l'immédiateté de la vie. C'est un gouffre que je n'ai pas envie d'affronter.

Un matin, je rencontre une minuscule fillette à nattes nouées de rubans rouges, qui fait des acrobaties avec un cerceau. Elle ne dépasse pas mon genou. Elle s'entraîne, avec une concentration huilée de sueur, dès six heures. Culbutes, lancement du cerceau, rattrapage du cerceau, nouvelle culbute, corps enfilé dans le cerceau, redressement avec un saut périlleux en arrière, le tout avec une grâce confondante. Elle me regarde d'un air de reproche, je ne comprends pas tout de suite pourquoi. Je reste, bras ballants, le corps lourd face à sa légèreté, jusqu'à ce que je me rende compte que je suis dans son aire d'entraînement, dans son carré de trottoir attitré. Quelqu'un s'approche et la gifle à pleine main. Cela fait un bruit qui me fait sursauter, même si je l'ai vu venir. Elle pousse sa lèvre inférieure en avant, comme s'apprêtant à pleurer, mais elle se retient. Ses yeux s'abaissent, ses mains reprennent le cerceau. Elle recommence, petite machine élastique, bien réglée. Culbute en avant. Culbute en arrière. Saut périlleux.

Je ne sais pas si c'est son père, son oncle ou son propriétaire. C'est un homme. Il porte un gilet crasseux et un pantalon large. Il a un visage rond et plat et sans émotion. Une moustache d'homme. Des mains d'homme. Une violence d'homme. J'ai envie de me jeter sur lui et de lui lacérer le visage.

Elle est sa chose, il en fait ce qu'il veut, peut-être que, peut-être que, mais je ne veux pas y penser, ça fait déjà assez mal comme ça.

Je m'éloigne, me retenant de regarder en arrière. Mais, depuis, je la cherche chaque jour, je suis ses progrès, qui sont fulgurants, et sa croissance, qui semble suspendue. Tant de grâce me touche et me peine. Je laisse une petite part de moi dans sa lèvre tremblante de larmes.

Bimala, elle, contemple les sitars chaque fois qu'elle passe par là. Ce n'est pas tous les jours.

Ce n'est pas à la même heure. Mais après l'avoir vue une deuxième, puis une troisième fois à quelques jours d'intervalle, j'ai commencé à attendre son passage. Dès qu'elle arrive, je m'approche. Je suis son regard. C'est toujours le même sitar, le plus somptueux du lot, qu'elle fixe avec une envie d'enfant, une envie démasquée parce qu'elle se croit seule. Elle s'arrête, le contemple, se mordille la lèvre comme si elle avait une décision à prendre, puis s'en va. Je ne sais même pas si elle est consciente de moi. On peut louvoyer aux abords de sa vie, mais on ne la touche pas. Comme Virginia Woolf, je cherche à deviner les méandres scellés sous son front.

Elles sont toutes semblables, au fond. Les siècles ont construit autour d'elles ce mur transparent et inviolable, ou presque. Et, autour de ce mur, les autres esquissent une sorte de danse muette, mimant leur soif et leur désir sans être vus.

Au fil des jours, je ressens envers elle une tendresse comparable à celle que j'éprouve pour la petite fille au cerceau. Elles me semblent toutes les deux désemparées et démunies, mais à la fois habitées d'une force inconnue, cette force du ventre qui remplit les femmes jusqu'à se concentrer en ce noyau bouillonnant de promesses qui deviendra un enfant (le sperme n'a rien à y voir). Seules elles connaissent cet équilibre qui les fait pleurer et traverser des guerres, et qui les fait survivre, droites.

Mais ce que je vois en elle, c'est quelqu'un qui n'est jamais sorti de ses marques. Que faire pour réveiller en elle une envie de folie ? C'est ça, c'est bien ça que je veux : une partenaire à ma folie. Une dangereuse envie d'éviscérer les habitudes, les certitudes, la sagesse d'une existence trop contrôlée. Crier, hurler, danser, se saisir de cette ombre de vie qui nous est offerte comme une aumône, apprendre à vivre plutôt qu'à subir la vie.

Ne pourrions-nous tenter cela, même s'il ne s'agit que d'une danse macabre au milieu d'enfants fracassés et d'êtres lignifiés ? Ne le voudrais-tu pas, Bimala, juste pour une fois ?

Aujourd'hui, elle porte un sari jaune, à fleurs orangées. Au lieu du chignon, elle a une natte. Cela la change. Cela lui donne un air d'enfant sage. Cela lui donne un air d'amie effacée. Son front est large et uni. Aucune ride ne le marque. Est-ce un front lissé par l'absence de révolte ? Elle marche sans faire de bruit, dans ses sandales plates. Soulevant le sari pour franchir un caniveau, elle révèle de beaux pieds pleins, d'une couleur olivâtre, aux ongles roses. Au vu de la largeur de ses hanches, j'imagine que ses cuisses doivent être grasses et flasques, tout comme le haut de ses bras découverts par les manches courtes du *choli*. Mais ses bras s'affinent en descendant et se terminent par de jolies mains. Malgré ces contrastes, l'ensemble reste harmonieux. J'aime les convexités maternelles, la mollesse de ces corps qui ont traversé la vie en se pliant à ses exigences : même leur résistance est faite de placidité. Mais c'est une placidité sous laquelle se devinent des remous remplis de cristaux et de rats.

On pourrait se noyer dans ces ondoiements, dans ce moelleux sans aspérités et oublier qu'il y a une vie ailleurs. Perdre le souffle en se plongeant dans sa touffeur grasse, dans sa forêt tropicale et fruitée, et en oublier de respirer.

Belle mort.

La ville s'assombrit comme en attente d'une pluie, mais ce n'est pas encore la saison. Quand la mousson viendra, tout le paysage se transformera en eau. Aucune surface ne restera solide. Les rêves sont ainsi faits. Ils semblent tangibles, mais la main passe au travers. Delhi sous la mousson, Bimala à l'horizon, la petite au cerceau dans son bref tourbillon : ma pensée passe au travers et les habite, les anime, les absorbe. Elles sont moi.

Avril 2004

Refuge des yeux fermés, la nuit. Les lieux abandonnés, réinvestis, réinventés.

Changer de peau pour mieux se retrouver. Suivre ce fil mystérieux qui conduit vers soi par des voies détournées. Parviendra-t-on alors à réintégrer ses habitudes à pas de loup ? Ou alors, se heurtera-t-on une fois de plus à cet instant de chute et de rupture, à cet espace de déraison qui ne tolère aucune dérobade ?

Le secret est une chose étrange. Une bête, parfois endormie, parfois rebelle, qui s'installe en vous à votre insu. Quelque chose autour duquel vous vous étrécissez, qui vous rassemble et vous amenuise, attirant comme un aimant vos élans solitaires et vous révélant le visage le plus clos de vos rêves. Et c'est là qu'il se met à vous ronger.

Subhadra fouille dans sa mémoire pour retrouver des secrets comparables. Pour les plus faibles, c'est la seule liberté autorisée, le seul acte de révolte possible. Comme ce jour où, enfant, elle avait dérobé le *parsad* que sa mère avait préparé pour la prière. Ce n'était qu'un plat, que de la nourriture. Mais cette nourriture destinée aux dieux était investie du goût du sacré et de l'interdit. Elle se souvient de l'instant précis où elle avait perçu dans la cuisine les effluves tièdes et sucrés du riz au lait préparé avec du *ghee*, de la cardamome et du safran, et où elle avait savouré, avec cette fébrilité qui accompagne toute transgression, l'onctuosité des grains de riz gorgés de lait, leur désintégration sous ses dents, leur glissement chaud dans sa gorge. Sa main avait tremblé tandis qu'elle mangeait à même la casserole, la tête rendue légère par l'immensité de cet acte qui défiait toutes les règles, consciente de la pollution que la salive humaine injectait dans la nourriture des hommes et, à plus forte raison, dans celle des dieux. Sachant tout cela, elle n'avait pas résisté à l'appel du *khir*. Ensuite, elle avait fui, honteuse, abandonnant la cuiller incriminante, laissant le trou creusé dans la surface lisse du plat. Depuis, le *khir* avait gardé ce goût de culpabilité sur sa langue et la saveur d'une lâcheté fraîchement découverte : elle avait laissé accuser quelqu'un d'autre à sa place.

Mais cela n'est rien, par rapport à cette pesanteur qui s'installe dans les jambes et le cœur. Elle touche du doigt le museau pointu du secret. Elle en perçoit la morsure presque amicale. Quel est-il ? Comment se l'est-elle procuré ? Elle qui n'a aucun espace caché dans sa vie, qui est comme un mécanisme programmé à demeure — une fois remonté, il suit toujours le même parcours, exécute les mêmes tâches —, où a-t-elle trouvé le courage de bifurquer, d'emprunter cette autre voie, de toucher du doigt des envies autres ?

Trouvé le courage de caresser un animal sauvage et informe, sachant que sa morsure serait irrémédiable — arrachant d'elle un morceau de chair vive et le cordon qui la retenait à elle-même ?

Elle pose sa joue dans sa paume, effleure ses lèvres de ses doigts. Elle s'oblige à sentir ce toucher, à mesurer calmement l'effet que produit une caresse sur sa peau. La sienne ne l'émeut pas particulièrement. Mais, lorsque ces autres mains inconnues lui ont touché le bras, puis le dos, puis le visage, puis tout le reste, elles ont éteint le monde pour envahir, souveraines et brûlantes, ses espaces intérieurs. Elles ont laissé des traces. Partout. Visibles et invisibles. Cela ne lui était jamais arrivé, avant. Avant. Ce temps de portes fermées que l'on ne cherche pas à ouvrir parce que l'inconnu ne se pare pas encore de suffisamment d'attraits.

Elle ouvre les yeux pour se regarder dans le noir. Elle a été si longtemps absente d'elle-même qu'elle ne sait plus à quoi ressemble son corps, n'y trouve plus aucun intérêt, grossir, maigrir, s'épaissir, s'affiner, quelle importance ? Un demi-siècle d'existence. C'est long. C'est lourd. Et ce n'est rien du tout. On a fini ses tâches principales de vie. On chemine à petits pas vers la mort. C'est tout. Cela prendra plus ou moins de temps. On vieillira peut-être avec la même impression que rien ne change sauf ce corps qui se dégrade à vue d'œil, ces plis malencontreux, ces trous de mémoire, ces yeux filmés de cataracte (à laver dans le Gange ?), ce ventre, cette barbe, cet affaissement des chairs, ces odeurs de pourriture annoncée, et le temps, peu à peu, vous dévore. D'abord assez lentement pour que vous n'en ayez qu'à peine conscience. Puis avec une voracité de loup. Il y aura entre-temps quelques heureux événements : la naissance d'un petit-enfant, le succès du fils, son premier travail, peut-être un voyage à Dehra Dun ou dans le Sud, visiter les temples, mais tout cela ne représente que des points épars et minuscules sur la route nue qu'il reste à parcourir. La route droite, la route seule dont on voit le bout avec une clarté si crue qu'elle donne une terrible envie d'obscurité.

À cela ne s'associera aucun regret de l'apparence. Aucune ride nouvelle ne gâchera la journée de Subha (sauf si elle se mettait brusquement à ressembler à Mataji). Elle se teindra les cheveux jusqu'à ce qu'un jour ce dernier souci de coquetterie, lui aussi, lui paraisse inutile. Alors, elle cessera ; blanchira à vue d'œil, acceptera que tous, même plus vieux qu'elle, l'appellent mère, apprendra à s'asseoir dans le plus vieux fauteuil, non par humilité mais par orgueil, à détourner le regard pour exprimer son insatisfaction, à soupirer pour dire sa résignation, à dérober ses pieds pour montrer sa colère.

Acceptera tout : le désintérêt d'une jeunesse folle, l'abandon de toute envie, l'évasion des vrais rires, le pis-aller et la résignation. La lente mise à mort, devoirs accomplis, hantée par l'unique incantation — il en est ainsi pour toutes les femmes.

Accepter de n'être plus rien qu'un bout de chiffon dans le noir, qui s'embrasera dans la seule dernière luminosité accordée au corps : celle du bûcher.

Comment, alors, moi — Moi, cette Moi-ci, dans ce lit, au bout de cette journée —, ai-je pu sortir de ces rails si bien huilés ?

En face d'elle, il y a le dos de Jugdish. Il commence à respirer plus profondément. Il entre dans ses rêves, frais, tranquille, laissant le monde à ses désordres. Il semble déjà avoir oublié son envie de l'après-midi. Une étincelle, rien de plus. Il s'est endormi dès qu'il a posé la tête sur l'oreiller, comme à son habitude. Un acte à sens unique, l'amour. D'abord pâlement joueur, parfois enjôleur, puis, avec les années, devenant une convention à respecter, une pulsion secondaire au moment du coucher comme un soleil de carton-pâte vite sombré. Pour elle, un moment plutôt désagréable à passer, puisqu'elle n'y trouve aucun plaisir, pas le temps, pas de caresses, pas de préliminaires, comment aurait-elle pu savoir que ce même acte pouvait remuer en soi tant de marées inconnues ? Les remous qui la longent encore, si longtemps après cette unique rencontre de l'après-midi, font de son corps une chose liquide et houleuse.

Mais, aussitôt, elle frissonne. Ce n'est pas à cause de la brise qui entre par la fenêtre mais du sentiment glacé de sa propre trahison. Elle a un haut-le-cœur qu'elle réprime en respirant doucement. Elle commence à reprendre contact avec la réalité d'avant, à rassembler les épaves de sensations qui flottent aux recoins de sa mémoire.

Moi, Subhadra, je me suis livrée. Pas moi, elle, cette femme, là, que je ne connais pas. Qui est allée passivement comme une vache qu'on emmène à la traite. La porte s'ouvre en grinçant. Une porte de fer rouillée. À l'intérieur, une grande lumière tremblante qui semble dématérialiser les choses. Peu de meubles. Des livres et des papiers un peu partout. Un intérieur étranger. Une odeur étrangère. Une main sur mon dos, qui me touche, qui me pousse en avant. Cette main est sans appel. Elle ne me laissera pas partir. Elle me guide vers l'intérieur de la pièce, puis m'arrête en me retenant par le bras. Je suis vide, une chose sans pensée. Je ne sais pas ce que je fais là. Je ne sais pas pourquoi je suis venue. Je voudrais partir. Je sens que le jeu dans lequel je me suis lancée est au-delà de mes forces, quelque chose que je n'ai jamais vécu et ne vivrai jamais plus, un acte qui changera ma vision de moi-même. Mais je ne sais plus trouver le chemin vers l'extérieur, vers le passé, vers moi. Malléable. Molle comme les objets sous la lumière. On m'attire, me tient, m'effleure, m'enveloppe, m'aspire. Impossible toucher, impensable contact, si doux, trop, mains fines et régulières, bouche douce, attirance éblouie comme un miracle.

Que s'est-il passé ensuite ?

À peine cet instant en suspens, et, déjà, elle descend.

Stupeur de pouvoir se transformer aussi vite. Femme restée femme, peu importe combien la moisissure a masqué sa nature.

Une mouche tourne autour de sa tête, puis y entre. Rien n'est enregistré pour l'instant. Ce n'est pas elle qui est là. Temps, long, ralenti, étiré.

Dans cette chambre éteinte qu'est son cerveau résiste un atome de lucidité qui disparaîtra bientôt, lui aussi.

Elle ne comprend pas.

Elle ne comprendra pas jusqu'à ce qu'elle soit ressortie de l'autre côté d'elle-même. Mais alors, elle ne sera plus la même.

Elle ouvre les yeux et se force d'arrêter cette pensée qui la tire en arrière avec une si grande violence. Elle a envie de se punir, de souffrir physiquement pour s'assurer qu'elle ne s'est pas dépouillée de ses sens en même temps que de ses vêtements, là-bas. Ses jambes se mettent à trembler. Un séisme à retardement, pense-t-elle. Ou une crise cardiaque. Ce serait peut-être la solution. Elle a peur de réveiller Jugdish. Elle s'éloigne de lui et sent que le drap est mouillé de sueur. Sa main descend de son cou vers sa poitrine. Elle ferme les yeux en soupirant. Sa main s'insère sous le tissu du *kurta* qu'elle porte pour dormir. Sa main reconnaît des formes féminines qui lui semblent désormais si merveilleuses, si délicieuses, qu'elle n'a pas de mots pour les dire.

Elle voudrait prononcer un mot diffamant envers elle-même, mais quelque chose l'en empêche. Une mémoire de déraison, presque une caresse. Ou peut-être le frisson qui continue à la parcourir, longtemps après qu'elle a cessé de se toucher la peau.

Au matin, voyant les draps humides, Jugdish la regarde avec inquiétude, peut-être aussi avec un peu de dégoût, pense-t-elle.
« Tu ne vas vraiment pas bien, dit-il, touchant les draps massacrés par la nuit de Subha. Ma a peut-être raison. Va voir la gynécologue.
— Si c'est ça, il n'y a aucune raison d'y aller, répond Subha. Ce qui arrivera arrivera, murmure-t-elle, désolée. C'est le lot de toutes les femmes. »
Elle attend qu'il lui dise quelque chose, qu'elle n'est pas si vieille ou qu'elle est encore fraîche. Qu'elle a le temps. Une de ces formules convenues qui lui auraient malgré tout donné un espoir auquel s'accrocher. Quelque chose qui la consolerait de cet espace dérobé de sa vie, de ce soudain amenuisement de son temps. Du rictus mauvais de cette biologie sans appel des femmes. Mais il hoche simplement la tête. C'est le genre de conversation qui le met mal à l'aise et qu'il préfère éviter par des lieux communs.
« Ne te fatigue pas trop aujourd'hui, dit-il. J'espère que Ma ne t'embêtera pas. Elle n'est là que pour une semaine de plus, après elle s'en ira en pèlerinage avec sa cousine et sa nièce, tu

sais, la vieille fille. D'ailleurs elle a demandé si tu ne voulais pas les accompagner.

— Non, j'irai une autre fois.

— Cela te changera les idées... Tu as toujours voulu faire un pèlerinage à Kashi. Pourquoi n'irais-tu pas ?

— Je ne me sens pas bien, ce n'est pas le moment. »

Il n'insiste pas mais laisse une poussière d'exaspération dans la chambre en sortant. Elle va se doucher avant de préparer les chapatis du petit déjeuner. C'est presque avec soulagement qu'elle se retrouve dans la cuisine, en attente de cet affairement d'automate qui masquera la vacance de son esprit. Là est son domaine, son ventre de sécurité. L'odeur des aromates qui poussent dans des pots sur le rebord de la fenêtre, menthe, coriandre, *kari pattam*, vient à sa rencontre et lui remplit la bouche d'un goût épicé. Elle pourrait s'y repérer les yeux fermés. Tout cela crée une impression d'ordre et d'actions réfléchies alors qu'elles sont parfaitement instinctives. Les repas donnent à la vie un semblant de sens et d'utilité.

Mais en réalité, quelle fierté y a-t-il dans tous ces gestes habituels ? Qui se soucie de sa manière de faire les choses ? Qui remarque que les oignons sont émincés avec une régularité parfaite, qu'elle hache à la main des monceaux d'ail et de gingembre, qu'elle garde jalousement la recette de son mélange d'épices pour le curry de poisson ? La cuisine n'offre aux femmes comme elle qu'une illusion de pouvoir, camouflant à peine la soumission qu'elle exige d'elles en réalité. La brève satisfaction des bouches repues de la famille, avant que ne recommencent les corvées à l'infini. Les repas, haut lieu de la journée, cathédrale organique construite par les femmes, grand art de leurs mains habiles, finissent tous au même endroit : dans les W.-C.

Elle plonge la main dans la farine arrosée d'eau chaude pour préparer la pâte à chapatis. Ses doigts malaxent le mélange élastique avec leur dextérité habituelle. Mais, aujourd'hui, il lui semble que le plaisir de ce toucher n'est pas de la même nature. Il s'est mis à parler, sans qu'elle s'en rende compte, un autre langage : celui de celle qu'elle est devenue.

Elle repense à la proposition de Jugdish, d'aller avec sa mère en pèlerinage à Bénarès. La consolation des femmes ménopausées : faire la paix avec les dieux. Entrer dans le club des vieilles en blanc. Chaque jour serait un pas de plus vers la sortie suprême, soigneusement préparée par les prières, les jeûnes, les longues marches sur les routes surchauffées dans le seul but de racheter, non les péchés qu'elles ont commis, mais ceux qu'elles auraient pu commettre si elles s'étaient laissées, ne fût-ce qu'un seul instant, aller. Laver dans les eaux du Gange, non seulement le film de cataracte dont leurs yeux mous sont affligés, mais également la mince couche de vie et de désir qui se colle encore à leur peau, telle une maladie ou une moisissure. Respirer l'odeur des corps brûlés, annonciatrice du bruit que fera le leur lorsqu'il se retrouvera sur le bûcher, entouré du bref grésillement de leurs chagrins.

Son agacement se transforme en colère. Ce pèlerinage avec Mataji et la cousine de Mataji et la nièce de Mataji, c'est le début de la fin de sa féminité.

Sa main qui pétrit rageusement la pâte à chapatis s'arrête. La question s'impose d'elle-même. À quand remonte le début de sa féminité ?

Les habitudes ont ceci de bon, qu'elles n'offrent aucune prise au doute. Elles mettent à l'abri de tout déraillement. C'est ainsi. On fait comme cela. Pas besoin de changer. On trottine en avant, d'abord suffisamment léger pour ne pas se rendre compte que l'on suit sans cesse le même chemin, ensuite avec de plus en plus de lourdeur, jusqu'à ce que l'on finisse par ressembler à une vache cheminant vers l'abattoir, les yeux trop doux, la bouche duveteuse et les narines dociles. Le rideau, le *parda* de traditions derrière lequel les femmes se réfugient depuis des siècles, forme un rempart à l'apparence souple, mais résistant. Toujours, elles regarderont le monde de derrière ce rempart, et n'en verront que les ombres, n'en recevront aucune vraie lumière. Elle comprend pourquoi il est si important pour les hommes de protéger les femmes : livrées à elles-mêmes, on ne peut savoir jusqu'où elles iront, où elles s'égareront, sur quels chemins de traverse, dans quels abîmes de déshabitudes. Elles ne le savent pas elles-mêmes. Toujours, elles seront des inconnues à leurs propres yeux.

Sur le flanc d'une marmite ventrue, elle aperçoit son propre visage déformé. Ce visage grimaçant est chargé de reproche. Comment as-tu pu ainsi abandonner tout orgueil ? lui demande-t-il. Où est passée la petite fille qui osait défier les dieux ? À quel moment as-tu tourné le dos à la vie ?

Sa main s'immobilise dans la pâte tiède dont elle est prisonnière. Une tristesse en elle lui fait murmurer : je ne sais pas.

C'est peut-être la vie qui m'a tourné le dos.

Mars 2004

Connais-tu les multiples incarnations d'une femme, toi qui me lis ? Ici, dans ce pays où rien ne meurt, où la croyance veut que tout renaisse, la question se pose. Les métamorphoses sont innombrables. Encore faut-il pouvoir suivre le fil discontinu de tous ses visages. Si tu es une femme, oui, peut-être en sais-tu quelque chose. Mais, arrimée à tes certitudes et tes préjugés, alourdie du refus de voir les choses en face, tu ne peux tout percevoir. Quant à toi, lecteur masculin, tu ne sais rien du tout. Oublie tes illusions. Jamais tu ne la sauras. Toute ta vie, tu auras vécu à côté d'une étrangère, espèce exogène, à peine touchée lorsque tu t'accouples, toute tentative de mainmise vite esquivée. Oui, même les plus soumises, même les plus pliées à tes envies et à tes exigences, esquissent intérieurement une autre danse, plus indécente et plus désespérée. Chaque fois que tu vois sur son visage l'effrayante éclosion du plaisir, c'est d'une autre qu'il s'agit.

Elle suit une orbite courbe bien au-delà de la tienne, une trajectoire qui ne se livre que dans le plus grand des secrets. Fluidifiée de sensualité, faite d'eau déferlée, elle te paralyse.

Mystère grandissant que peu tentent au cours de leur vie de résoudre, si tant est que cela soit jamais possible : ils ont tous d'autres chemins à explorer. Peut-être les hommes et les femmes seront-ils à jamais mutuellement inintelligibles. Toujours, ce texte restera hiéroglyphique, une pierre de Rosette sans Champollion. Peut-être que seules deux femmes pourraient parvenir à se décrypter.

Le chiffre de ton corps, ma belle, est tel que je n'aurai de cesse que de le décoder, syllabe après syllabe. Franchissant ainsi des étapes généralement contournées, où la connaissance se transforme subtilement, où la distance est contredite par un rapprochement plus subtil et plus inquiétant, au lieu de chercher son contraire, on voyagerait vers son pareil. Au lieu de se heurter aux écueils de l'antagonisme, l'on tenterait le pari de l'agonisme. Ne serait-ce pas là un projet alléchant ?

J'ai écrit cela il y a quelques jours. Il est clair que je vis toujours dans l'illusion du lecteur extérieur, ce « tu » irréel : il m'est impossible de n'écrire que pour moi. Mon récit ne peut se faire sans échos, sans résonance. Comme j'ai besoin de cet invisible autre ! De ce souffle deviné dans mon dos, main insaisissable sur mon épaule, lèvres énonçant silencieusement l'enfilade de mots, sourire si le passage est réussi, moue dubitative s'il ne l'est pas, regard parfois implacable, condamnation à être toujours plus que ce que je suis, ange noir de mon temps de création, balafré de mes tristesses irrésolues. L'albinos manqué de la page blanche noircie par mon encre inhumée, que je veux capturer dans mon piège charnel, envelopper d'un chant de séduction sinueux comme un sari orange étalé sur un lit et assassiner de trop d'attente afin de ne jamais faire face à sa trahison. Que nous mourions en même temps, puisque l'inspiration ne doit mourir qu'avec le dernier souffle. Ce n'est que le jour où ces yeux-là disparaîtront que je saurai vraiment ce qu'est la solitude. Pas avant.

Nous rêverons d'une île commune ou d'une mort commune sur la passerelle pourrie d'une ville morte, et lui seul saura me reconnaître.

Ici, toute certitude est impossible. On marche sur le vide. Les visages les plus souriants se révèlent les plus tragiques. Les plus amicaux sont les plus traîtres. Sol mouvant, dérobade du jour qui s'ouvre le ventre à la lame nue de la nuit. Je change de métaphores comme si je changeais de planète : du masculin au féminin et inversement.

Ce matin, je passe, comme d'habitude, devant Velluram, le marchand de thé. De loin, je vois qu'il a un mouchoir crasseux autour du cou. Cela attire les mouches. Ses gestes sont lents, presque malhabiles. D'habitude, lorsqu'il sert le thé, il tient le récipient métallique très haut au-dessus du verre et y verse le liquide en un jet courbe et doré, dégageant des écumes tièdes. Il se réjouit de sa propre adresse alors qu'il appelle les gens avec une sorte de mélopée où je ne comprends que les mots « *garam chai !* ». Ce matin, il tient le récipient tout près du verre, et sa main tremble tellement que la moitié se répand. Aucun son ne sort de sa bouche.

Je m'approche en souriant. Je lui demande s'il a attrapé froid. Il me fait signe d'attendre. Il finit de servir un client, puis profite de ce qu'il n'y a plus personne pour s'approcher de moi. Il écarte le mouchoir de sa gorge.

Son cou est entaillé d'une marque épaisse, rouge au centre, violette au bord. Des deux côtés de la marque s'est formé un bourrelet tuméfié. À l'intérieur du sillon, la chair a été impitoyablement broyée. J'ai un mouvement de recul.

D'une voix rauque, méconnaissable, mais avec un minuscule sourire, il me dit : « J'ai essayé de me pendre hier soir. »

Un client se présente. Il se retourne pour le servir après avoir remis son mouchoir en place. Une toux étouffée le plie, avaler est douloureux, le creux entre ses sourcils dément le sourire de circonstance qu'il offre au client. Je l'observe longtemps. Je ne le connais pas du tout. Je le voyais comme un être léger, indéfinissable, que rien ne pouvait effleurer. Une mouche avec du bleu aux ailes, que l'on ne remarque que lorsque la lumière la heurte. Il est là tous les jours avec son vrombissement bleu et je n'ai rien vu. Je tente d'imaginer ce désespoir qui s'est emparé de lui hier, entre le moment où il a récuré sa marmite noire et celui où la paille de fer lui est tombée des mains et son regard s'est vidé d'un seul coup. Je connais, bien sûr, cet instant de basculement où la vie se dénude de toutes ses promesses non tenues. Cet effeuillement qui n'a rien de séducteur annonce le bout du parcours, la fin de ce bal d'ombres aux cadences maladroites dans lequel nous nous sommes brièvement égarés en usurpant le nom d'humain.

J'ai moi aussi plongé les yeux dans ce silence graisseux. Rentrant de la déchetterie, ce soir-là, j'ai voulu me taire plus définitivement qu'en massacrant stylos et claviers. Je me doutais bien que, tant qu'il resterait un fragment de souffle vivant, l'écriture ne me quitterait pas. Vers le matin, j'ai contemplé le contenu de mon estomac où nageaient des dizaines de cachets même pas digérés, m'étonnant qu'un système digestif puisse fabriquer tant de déchets, tant d'inutile travail. Mon corps avait refusé cette voie de garage. Il m'a fallu beaucoup de temps pour en revenir, si tant est que je l'aie fait : mourir n'était pas à ma portée.

Lui, quelques heures après s'être raté, il est revenu travailler. Mais lui n'a pas le choix. Le luxe du désespoir, c'est pour une nuit sans lune où il ne dort pas et ose réfléchir à l'impossibilité de ses rêves. Le jour, la vie, implacable, reprend le dessus. Toutes les évasions lui sont interdites, y compris celle du suicide.

Un peu plus tard, il me dit que le prix d'un dentier a doublé depuis qu'il a commencé à mettre de l'argent de côté. Il en est donc au même point. Cette marmite de thé ne me paiera pas une femme, conclut-il tristement.

J'ai regardé la marmite. Effectivement, de cet énorme chaudron métallique au ventre noir et à l'éclat mauvais, aucune fortune ne sortira. Je vois comme dans un songe kafkaïen Velluram servir à longueur de vie des verres de thé puisés dans une marmite qui ne désemplit pas ; cela ressemble à une condamnation à perpétuité. Il ne sourira plus en montrant ses gencives noires, sûr de son espoir de les masquer un jour. Je lui donne un peu d'argent et il me sert un verre de thé au lait bouillant, très sucré. J'ai dû le boire, parce que je sais qu'il ne veut pas de ma charité. Ce thé est bien trop amer à mon goût, mais j'en ai quand même savouré la brûlure.

Plus loin, comme jaillie des fissures du trottoir, apparaît ma petite acrobate. Cette fois, elle s'entraîne avec deux cerceaux, un dans chaque main. Elle y passe une jambe, puis l'autre, y enfile son corps, se glisse d'un même mouvement à travers l'autre cerceau tenu à bout de bras. J'ai du mal à comprendre comment cette chose minuscule parvient à exécuter des mouvements aussi coordonnés, aussi délicats, aussi précis. Avec ses deux nattes, ses pendants d'oreilles, une poussière de pierre précieuse à l'aile de son nez percé, ses bracelets en plastique autour des bras, sa petite robe de satin jaune, toujours la même, elle a une beauté de lune friable, de fleur d'argile. À tel point que je n'ose plus la regarder. Elle est trop poignante, trop fragile, et son destin est déjà tout tracé. Non loin, l'homme au gilet veille. Un ours danseur, un serpent hypnotisé par la flûte ou une petite poupée gymnaste, c'est du pareil au même.

Le temps se fige autour d'elle. Sa silhouette effleure, au fond de moi, un noyau de terreur froide. Déjà, elle m'emprisonne. Déjà, je ne veux plus la perdre. Et pourtant, il est trop tard pour cela. Il n'est plus temps de s'attacher à qui que ce soit, sauf si c'est avec l'urgence du désir. Le gouffre ouvert, en attente, derrière chacun d'eux est trop grand. Et puis je me dis qu'il y en a un derrière moi aussi, derrière nous tous. Nous sommes des acrobates suspendus à nos cerceaux cassables, à notre danse menacée.

Tant de déchets, tant de cadavres au matin dans la tranquillité de la ville avant même qu'elle ne reprenne son élan mortifère, tant de bébés jetés aux ordures, tant de cordes serrées autour d'un cou, est-il possible de vivre en permanence dans cette odeur de mort ? Moi qui n'ai eu de cesse que de côtoyer les gravats laissés par la barbarie humaine, ici, j'y patauge au quotidien et n'éprouve plus le besoin de les décrire mais de m'y noyer. Je n'ai plus besoin de faire sortir les images de ma tête : elles sont là, tout autour de moi, pressées d'y entrer. Je n'ai qu'à me baisser pour prendre. Pour une fois, je permets à la vie d'outrepasser mon imagination. Pour une fois, je me permets de vivre.

Je marche beaucoup. Je m'assieds sur les bancs et les trottoirs, dans des cafés crasseux, dans des cinémas bruyants, happant au vol un bout de film avant de quitter la salle, j'écoute les bruits des gens, leurs cris, leurs rêves. Une grande frénésie de vie mais, à mes yeux désembués, elle ne semble aller nulle part. Des jeunes filles volubiles passent dans leurs couleurs carminées, les lèvres pleines de roses déjà à moitié fanées. Yeux furtifs guettant les garçons. Même les bras chargés de livres, leur idéal reste un corps chargé de mâles, adultes et enfants. Les jeunes hommes au visage arrondi, à la couleur plus franchement terreuse que celle des filles, ont dans les yeux la fièvre de réussir. Je n'arrive pas à les trouver beaux, même si certains le sont. J'entrevois trop clairement, sous la surface polie, la mesquinerie qui, d'ici quelques années, les refermera comme un poing sur eux-mêmes, en attente du coup à porter sur une bouche docile. Clameurs d'enfants et d'oiseaux, pareilles. Rages d'être.

Je ne suis plus dans la course.

L'état d'échec est autorenforçant. Une infection qui se nourrit d'elle-même et qui ne vous lâche plus, qui s'imprime sur votre visage de sorte que tous détournent le regard plutôt que de risquer la contagion. Je ne peux plus tourner le dos à mon passé de Polichinelle désagrégé, lié à son échelle, incapable de monter, de descendre ou de se déployer. Je dois me glisser à l'ombre de ces murs qui ne cessent de croître, ceux qui naissent des ossements humains ou ceux qui s'érigent au mortier de la haine dans un monde qui ne sait plus s'impliquer. Je fuis honteusement le miroir aveuglant de mon propre regard qui me dit que j'ai acquis la passivité de mon époque, qui me dit que je n'ai pas su me livrer à une crucifixion dans l'antre dantesque de l'écrit, qui me dit qu'il fallait mourir pour le mériter. Il ne fallait pas m'arrêter en route. À quoi bon avoir tenu entre mes mains cette matière de soufre, si je n'ai pu ni me brûler ni brûler le regard des autres ? Écrire dans la demi-mesure est la plus grande des trahisons. Si je me faisais face, je me cracherais à la figure.

Mais ici, la vie même est cet antre. Vivre, c'est confronter sans cesse des crucifixions assumées. Chaque bidonville, chaque mendiant éclopé, chaque enfant paralysé me rappelle que, si dans l'écriture on peut refuser, par peur, d'aller jusqu'au bout de ses mutilations, dans ce monde-ci cette confrontation est un jour ou l'autre obligatoire.

Je cherche, sans cesse. Je les cherche, elles, et moi en même temps. Même chose autrefois indivise, puis scissionnée, condamnée à errer en quête d'un impossible rassemblement. Les femmes de ce pays, eau mouvante et onduleuse, trompeuse planéité. Je tente de naviguer vers leur mystère et ainsi vers moi-même. Je sais que ce voyage passe par là. C'est un monde totalement inconnu et sans doute dangereux, mais je n'y perçois qu'une douceur effleurée, involontairement voluptueuse. Et si je me trompe, si je risque de m'y égarer, qu'importe ? Il est des fourvoiements moins attrayants.

Le sari est un fil que l'on pourrait suivre, un fil d'Ariane qui s'enroule, se plisse, s'assujettit et se déroule, et qui mène droit au cœur du labyrinthe.

C'est peut-être cette impression d'avoir, au travers d'un reflet dans une vitre, capturé un fragment de son silence qui me lie si fort à elle. Sinon, comment expliquer cette impression étrange et absurde que c'est elle, Bimala, qui détient la clé de cette porte cadenassée qui m'empêche d'accéder à moi-même ?

Passant à côté de moi, environnée d'elle-même, j'ai trouvé merveilleux de la savoir en suspens, en souffrance, et d'imaginer la suite avec une grande liberté. Quelque chose en moi s'est ému de tant d'inconscience. Elle marche droite, ignorant tout de moi, et pourtant sa route se gauchit doucement, je suis un aimant qui en modifie le sens. Il y a, chaque trois pas, une hésitation, comme un vacillement de l'être.

Où nous conduira ce jeu d'esquive ?

Avril 2004

Tôt le matin, il y a une dispute entre Mataji et Bijli, la femme de basse caste qui nettoie les parties communes de l'immeuble.

Bijli est une petite femme maigre et sombre de peau, aux yeux foudroyants. Mataji l'appelle « la laide Bijli », ou « la noire Bijli », ou, par ironie, « la belle Bijli », mais Subhadra sait que Bijli n'est pas laide, au contraire, quelque chose dans ses yeux dévore l'âme des hommes. Même dans ses tâches les plus dégradantes, elle dégage une aisance de corps que Subha lui envie.

Mataji, sans doute, ne sait même pas pourquoi elle lui en veut tant. La liberté d'être soi n'est pas l'une de ses préoccupations. Mais, quelque part dans les bas-fonds de cet esprit fermé au doute, une minuscule étincelle de conscience doit bien se manifester et lui dire que sa vie à elle n'a jamais été aussi pleine que celle de cette femme qu'elle méprise.

Et donc, la nettoyeuse des latrines est en pleine querelle avec Mataji. Leurs voix n'hésitent pas à franchir les fenêtres ouvertes et à assiéger les habitants de l'immeuble. Mataji prétend qu'elle a laissé ses sandales sur le palier et que Bijli les a volées. Bijli lui montre ses pieds nus : c'est des pieds à emprisonner dans des sandales, ça? demande-t-elle. Et puis, vos vieilles choses toutes trouées, rabougries comme votre propre carcasse, qui en voudrait ? Bonnes à jeter à la poubelle, et les sandales et vous-même, voilà ce que j'en dis ! Je dois nettoyer la merde, pas la porter !

La querelle monte d'un cran. Subhadra sait que les sandales de Mataji, si vieilles qu'elles portent les empreintes brunâtres de ses orteils et son odeur de chair macérée, sont dans sa chambre. La querelle, c'était juste pour trouver de quoi remplir sa journée, un objet auquel accrocher les longues heures vides, un chapelet de récriminations qui lui donnera l'impression d'être vivante. Bijli, la récureuse des latrines, est la victime toute trouvée, sauf qu'elle est tout, excepté une victime. Bijli donne autant qu'elle reçoit.

Mataji finit par rentrer et s'apprête à relater la querelle à tout le monde, même s'ils l'ont tous déjà entendue. Mais, à la vue de Subhadra, fraîche dans son *salwar kameez* rose chair, les cheveux mouillés après la douche du matin et sentant bon le savon Lux, elle se fige, les mots se bloquent et elle manque d'étouffer sous l'assaut de tant de légèreté. Son ressentiment change de direction, bifurque et s'élance avec allégresse vers cette belle-fille qui ne devrait pas avoir les lèvres aussi pleines. Le sujet de la discorde est tout trouvé : le pèlerinage à Kashi.

Kashi devient le centre de l'obstination désœuvrée de Mataji. Elle s'agrippe à l'idée, la rend importante et péremptoire, en fait une affaire de conscience, accusant Subha de ne pas avoir le cœur suffisamment clair. Mais, pour une fois, sa belle-fille n'a pas envie d'endosser toutes les culpabilités. Elle oppose à Mataji un refus si calme qu'elle en arrive presque à la désarmer.

La visite de Kashi est évoquée au petit déjeuner. Elle le sera encore au déjeuner, puis au dîner, puis à chaque occasion, jusqu'à ce que Subhadra consente à céder. De cela, elle ne doute pas.

Dans la cuisine, elle fait cuire les chapatis sur une plaque de fonte, puis les fait gonfler un à un directement à la flamme de la cuisinière, les regardant avec plaisir s'arrondir comme des coussins dorés. Elle les apporte, fumants, à Jugdish et à Mataji.

« Il vaut mieux faire ce pèlerinage avant qu'il ne soit trop tard », lui déclare aussitôt Mataji, frémissante de détermination et enfournant une moitié de chapati dans sa bouche.

Trop tard pour quoi ? N'est-il pas déjà trop tard ? pense Subha. Tout haut, avec une ébauche de fermeté ou de fierté, elle répond :

« J'irai, mais pas maintenant.

— Et pourquoi pas maintenant ? Qu'est-ce qui t'en empêche ? Ta fille est mariée, ton fils est un homme, il n'a pas besoin de toi. Quelqu'un viendra préparer les repas de Jugdish. Personne n'a besoin de toi. C'est le moment de couper les liens avec la vie matérielle, de préparer le *samadhi* et de t'apprêter à partir.

— Il ne faut pas dire ce genre de choses ! proteste Jugdish en faisant un petit geste superstitieux qu'il tente aussitôt de masquer pour ne pas enrager sa mère davantage.

— Je crois que j'ai un peu de temps devant moi... », murmure Subha, amusée par l'impitoyable pragmatisme de la vieille.

Mais l'interrogation se poursuit : Est-elle certaine de ne pas avoir consommé de la chair cette semaine ? N'a-t-elle pas mangé des œufs ? N'a-t-elle pas parlé à un balayeur ou à un éboueur ? Et cette intouchable de Bijli, ne lui aurait-elle pas donné à manger ? Elle en est sûre ? Tout est propre ? (Cet euphémisme est une question cachée à propos de ses règles, un code, en présence de Jugdish.)

Dans ce cas, rien ne l'empêche de les accompagner.

Sans attendre de réponse, elle se met à donner des ordres à Jugdish en préparation du voyage. Elle établit une liste de ce que Subhadra devra emporter. Elle décrit dans les détails l'ashram où elles logeront, ayant déjà fait ce pèlerinage par trois fois. Subhadra n'a aucune peine à l'imaginer : elles logeront dans une salle commune, aux murs maculés par des années de mélancolie féminine. Elles dormiront sur des lits de corde sommaires ou des nattes à même le sol. Elles prendront des repas frugaux, composés de yaourt, de lentilles, de fruits et de légumes qui leur donneront sans doute la diarrhée jusqu'à ce qu'elles n'aient plus rien à évacuer. Elles se laveront à l'eau froide ou en puisant de l'eau dans un puits. Elles prieront matin, midi et soir. Dans le murmure incertain de leur abnégation, elles apprendront à faire taire les exigences du corps. Demanderont à être pardonnées pour des transgressions qu'elles n'auront pas commises. S'offriront en sacrifice en échange du bonheur de leurs proches, même si les divinités n'auront que faire de l'offrande de tant de corps desséchés. (Une jeune fille nubile, peut-être... Mais une jeune fille nubile irait-elle à Bénarès avec ces femmes asexuées ? Ne se tournerait-elle pas plus volontiers vers d'autres brûlures, d'autres compagnes, adoratrices non de la mort mais de la vie ?)

À la fin, se dit Subha, toutes ces femmes finiront par se ressembler. Elles auront un regard identique, lavé de toute urgence, et un corps identique, sevré de tout désir. Elles glisseront comme des fantômes au bord du Gange, de temple en temple, jusqu'à ce que l'on oublie leur existence ou leur nom — si tant est qu'on s'en soit jamais souvenu. Et elles ignoreront tout, pour ne l'avoir jamais su, de leur nature volcanique.

Bientôt, elle cesse de l'entendre. Kashi, cet endroit où les frontières entre mort et vie se diluent, ne pourrait-il offrir autre chose que la séduction de la mort ?

Certains y vont pour se séparer de la vie en ce lieu où elle assouplit son emprise sur le corps. Une superstition plus tenace que toutes les croyances les persuade que, plus qu'en tout autre lieu, leurs péchés y seront rachetés. Le marchandage semble pencher en faveur des humains là où leur stupide mortalité semble si pitoyable. Ce serait pour eux la plus belle des morts, dans cette ville habillée en permanence de l'odeur des corps incinérés. Peut-être y est-il plus facile de se détacher, de s'habituer à la chair carbonisée et de ne penser qu'à la libération de toutes ces âmes abandonnant leurs propres cendres en libation ?

Mais je ne veux pas mourir déjà, pense Subhadra. Pas maintenant. Pas encore. Pas tout de suite. Pas tout à fait.

C'est peut-être la première fois qu'elle ressent la vie comme une tentation.

Le regard de Mataji, lui, l'a déjà poignardée en mille endroits.

Mataji entraîne Jugdish à sa suite pour acheter les objets de prière. L'organisation du voyage à Kashi la remplit d'importance. Jugdish sera en retard au bureau. Sa tension est visible dans la raideur de sa nuque. Subha ne ressent aucune pitié pour lui.

Subha attend qu'ils partent pour prendre son petit déjeuner en paix. Elle déchire un morceau de chapati et s'en sert pour recueillir une petite quantité de *dhal* épicé. Au moment où elle va le porter à sa bouche, une image la pétrifie : l'écartement vif du fouillis de tissus qui lui emprisonne les jambes, le glissement du dernier rempart, une caresse présomptueuse là où personne d'autre que Jugdish ne l'a jamais touchée, et même là, ce n'est pas le même effleurement, oh, non, pas du tout, les doigts de Jugdish ne s'assurent que d'un passage, ces doigts-ci rencontrent, explorent, éveillent, et ensuite, ensuite, c'est si inattendu que cela la bouleverse et la fait chanceler, ils sont remplacés par une bouche. Une bouche, oui. Une bouche. Jamais, avant, mais. Oui.

Elle n'a jamais imaginé une telle juxtaposition. Quelque chose l'oblige à tenter de repousser et la tête et l'invasion, mais, aussitôt, l'instinct ralentit et affaiblit ses gestes ; offre le temps, et l'espace, oui, plus d'espace, jambes écartées, posture modifiée, pour une rencontre plus aérée.

Frémissante, elle met la main devant sa bouche. Mais le contact entre sa peau et sa bouche lui rend le souvenir plus précis encore.

Elle court aux toilettes pour vomir, mais rien ne sort. Elle s'est trompée de nausée. Elle se contente de cracher la bouchée de chapati qui flotte, ridicule, dans l'eau.

Elle va se réfugier sur le balcon. Elle halète. Le vertige de cet acte, sa démesure, son éclaboussure la suffoquent.

Assise dans le fauteuil bancal où Mataji s'était installée la veille, elle respire lentement. L'air entre par ses narines, passe par ses conduits, envahit son corps avec ses fumées, sa symphonie de klaxons, ses bruits de moteurs et les voix dispersées de la ville. La ville, sa ville, parviendra-t-elle à la ramener vers le lieu où elle a abandonné toute trace d'elle-même ? Les ombres dansantes, le chant des muezzins, l'espace dénombré rassemblant et heurtant les êtres. Quelque part, quelqu'un, a croisé son chemin, par inadvertance.

Une odeur de gazole et d'urine monte de la rue, en bas. Un homme a soulevé son *dhoti* et pisse abondamment dans le caniveau en sifflotant un air de film. Des pigeons s'envolent dans un sillage d'air tiède et emplumé. Y a-t-il quoi que ce soit de nouveau sous ce soleil gris ? La ville est-elle au courant de toutes ses éruptions ? L'air qu'elle respire transporte-t-il les effluves d'autres dissolutions, d'autres corps en crise ?

Un accouchement public, pense-t-elle, sans savoir pourquoi. La honte, peut-être, est comparable.

Rien que d'imaginer cela : femme marchant, énorme de son secret, de son crime, de sa passion, de sa transgression, dans la rue. Et puis, le cri, quand la chose soigneusement cachée exige de sortir. Déchirement du corps déformé par l'excroissance qui réclame encore plus d'espace. Une simple effraction, et le corps féminin se divise. C'est dans la rue que le secret veut être vu. Les vêtements se mouillent, les jambes s'écartent et le corps accepte, en se couchant sur toutes les souillures, le contact avec les semelles du monde. Au bout d'un long cri vertical, le monstre a sorti la tête et lui fait concurrence en hurlant tout aussi fort. Les regards s'attachent à ce qui est ainsi révélé. Les têtes se hochent, complices dans leur condamnation. La femme sera punie. Tout va bien.

Le regard des autres : tranché, tranchant, sur les gorges vulnérables et tendues. La honte des femmes, jamais excusée, jamais diminuée, qui les force à marcher toujours droites dans le caniveau des interdits.

Mais la vieille ville, effectivement, a tout vu, au point où elle n'exprime plus que son indifférence. À chaque instant, une femme morte depuis longtemps devient vivante, et une autre femme vivante se meurt. Quoi de plus banal ? Peut-être n'est-ce là qu'un espoir insolite : mourir aux yeux des autres et naître à son propre regard.

Une musique s'élève de l'appartement du dessous. Lente et rythmée, langoureuse et vivace, Subhadra ne la reconnaît pas. Ce n'est pas une musique indienne. On y entend du piano et de l'accordéon, et des rires jeunes, en accompagnement. L'appartement du bas est loué par une demi-douzaine d'étudiantes qui, souvent, y reçoivent des amis. Leurs bruits de jeunesse et de liberté énervent les familles qui les entourent comme s'il s'agissait d'une bande d'insectes sortant la nuit pour envahir leur espace de quiétude. Mais Subha les écoute cette fois avec un certain plaisir. Surtout cette musique étonnante.

Des meubles sont déplacés parmi des ordres contradictoires. Une voix fluette, à moitié hystérique, s'écrie :

« *I don't want to dance, I don't know how to !* »

Nouveaux rires. Une voix masculine lui répond :

« *It takes two to tango... Even in India !* »

Two to tango... La musique s'étire vers elle, touche une chose noueuse dans son ventre, se répand en frisottis au creux de son abdomen. Les notes basses se hasardent plus bas. Les notes hautes font sourire tout le haut. Elle bouge malgré elle en réponse à tous ces vacillements. Là où plus personne n'ose s'aventurer, c'est là que la musique veut aller. (Quoi, là aussi on l'envahit dans ses lieux étranges et étrangers ?) Il s'ensuit un relâchement de tout son corps, une espèce d'abandon nerveux.

Ce tango argentin qu'elle ne reconnaît pas fait enfin bouger une chair quasiment anesthésiée. Écoutant les pas qui martèlent le sol, en bas, elle découvre qu'elle a vécu, elle, tout ce temps, sans rythme. Elle était flottante, poussée d'un endroit à l'autre, d'un jour à l'autre, sans le moindre effort de volonté. Tout ce qui en est sorti est la certitude parfaite du chemin. Mais cette musique parle, au contraire, de voies détournées, de rencontres buissonnières, de nuits passées à mourir en s'abandonnant à ses rêves pour mieux revivre dans d'autres élans et d'autres abandons.

Face à tant de douce élasticité, la raideur des compromis lui semble impossible : les rituels, les devoirs, les habitudes, l'étroitesse des bonheurs. Chaque femme porte en elle ce choix : celui de trop aimer ou pas assez. Et finalement, entre les deux, l'indécision devient froideur. Aujourd'hui, elle comprend que cette froideur est une annonce de mort, en contradiction de la vie si chèrement donnée.

De la chanson, elle ne parvient à saisir que deux mots : « *mi amor* ». Elle ferme les yeux et s'imagine le jeune couple perdu, en bas, perdu dans cette danse qu'on n'a sans doute pas besoin d'apprendre, puisque la chair danse toute seule à l'entendre. La chair danse... Sinue, se fluidifie, se plastifie. Entre dans un autre langage, s'explique par d'autres codes. Le jeune couple glisse en avant. Elle lève la bouche. Sa main à lui descend vers l'arrondi de son dos. Il frôle du torse sa poitrine. Souffle chaud dans son oreille : *mi amor, mi amor.* Mots universels que l'on ne peut ignorer, même si on ne les a jamais prononcés dans aucune langue. Les notes basses descendent plus bas. La voix de l'instrument s'enroule plus étroitement. Les doigts continuent de la démêler, de faire vibrer par effraction ses cordes intimes.

Un talon claque sur le sol de stuc. Elle fait basculer le fauteuil en arrière. Les nuages achèvent de la désorienter. Un rickshaw émet une pétarade à fendre le cœur. Des voix d'enfants se syncopent. Un marchand ambulant étire une longue et puissante syllabe de gorge, qui ne se termine pas. L'air brûle d'une décharge de soufre. Quelqu'un chantonne « *kya khabar ?* » — quelles nouvelles ? — et elle ne sait quoi répondre. La ville a adopté le même rythme hasardeux.

Là-bas aussi, elle n'a pas compris tout de suite l'enchaînement des séquences. Elle était à ce point déphasée qu'elle sentait l'ombre sur sa peau, mais pas les mains.

Elle était en sursis. En plein dans le transitoire. Ombre dégainée. Dégainée ? Quel mot étrange, fourbe. Et pourtant si, c'est une guerre. Il en a toujours été ainsi. Conquête amoureuse. Si l'un est le conquérant, l'autre est le vaincu en puissance.

Seule cette danse qui se joue là comme on joue sa vie parvient à résoudre la guerre dans un rythme lent et frondeur. Les deux corps sont unis et glissent ensemble, n'ont pas besoin de s'anéantir. Bouche levée, bouche penchée, *mi amor*, les mots se livrent à une morsure, bouches simultanées, avides de ce que seul cet instant peut leur offrir.

Subhadra réprime à grand-peine le gémissement qui ose lui échapper lorsque la musique s'achève.

Mars 2004

Quand les après-midi sont glaireux et que je sens mon ventre chavirer doucement, signe avant-coureur de cette tristesse embusquée à l'affût de mes faiblesses, je me réfugie, pour retarder l'échéance, dans les faits-divers du *Times of India*. Non seulement j'arrive à croire, comme avant, que j'y trouverai le déclic du prochain livre (celui qui ne se fera pas), mais il m'aide à mieux comprendre la nature paradoxale de ce pays.

C'est ainsi que je reste des heures à réfléchir à ce seul titre : *Two sisters kill each other's husbands* — deux sœurs tuent le mari l'une de l'autre. Je tente d'en décoder le sens et les implications : deux sœurs emprisonnées par des années de silence et de ressentiment contre leur mari — s'éveillant un jour, elles se retrouvent réunies par une haine commune à laquelle il n'y a d'autre issue que la mort — elles font alors un pacte féminin — elles ne tueront pas leur propre mari mais celui de l'autre. Pourquoi ? Parce que ce crime les rassemblera à jamais au fond du miroir ; parce qu'il est plus facile de s'attaquer à l'étranger qu'à celui auquel vous êtes liée par le pacte de l'asservissement conjugal ; parce que, quand elles se regarderont, elles verront à la fois le visage d'une meurtrière et celui d'une libératrice et ne pourront ainsi ni se juger, ni se condamner : quand elles se regarderont, elles verront leur propre visage. *Sisters in life, sisters in crime*, dit l'article.

Peut-être en est-il ainsi de toutes les femmes : liées par la sororité de la vie et la sororité du crime. Le crime, perpétré sans cesse dans leur esprit à défaut d'être traduit en acte, contre l'engeance qui leur claquemure et la bouche, et l'âme.

La feuille de mousseline trop tendue qui recouvre leur quotidien craque et se fend avec un bruit aigre. Au-dessous, ce qui grouille est de la nature des rêves nécrotiques. Au-dessous, les remous du magma conjugal libèrent leur soufre. La main de femme attrapant un couteau est définitive. Rien ne l'empêchera de rencontrer sa cible.

Peut-être est-ce cela qui, en Bimala, refermée sur ses invisibles tremblements, m'entraîne chaque jour un peu plus loin. La possibilité d'une dérive qui l'arrachera à elle-même sans espoir de retour.

Sous le soleil dissimulé par les couches de sédiment de la ville qui ne dort jamais, je m'échappe et pars à la recherche d'obsessions nouvelles. D'obsessions ? Non, certes. Elle n'est pas une obsession mais un accompagnement, un chant de sirène mélancolique qui semble se marier si parfaitement à l'atmosphère de Delhi que je me dis parfois que Bimala n'est pas réelle, mais seulement une incarnation du souffle sulfureux de la ville, la forme fantomatique, faite chair, de quelque chose d'enraciné ; élastique et friable, terreux et versatile. Nulle part, je ne trouverai un tel écho à ma voix. Nulle part, je ne verrai ainsi mes pensées devenir une présence tangible, se coaguler en une femme telle et entière, une créature éclose de sa prison de froideur et dont la bouche s'ouvre pour que s'y propage un début de chaleur aspiré de mes lèvres.

Je sais que j'ai besoin d'elle pour nous délivrer, elle et moi, pour ensemble parfaire ce qu'il reste en nous d'incomplet, pour réunir nos corps comme deux paumes plaquées l'une contre l'autre, pour faire de l'écrivain un être humain et de la femme éteinte un noyau de brûlure. Sans cette réunification, sans la destruction de ce mur qui me divise depuis tant d'années en deux parts ennemies, je ne parviendrai pas à me résoudre.

Je n'ai pas eu d'existence autonome. En moi œuvrait un esprit prisonnier qui ne m'aimait pas. Obligé de se lier à si peu de chose, à ce fouillis d'émotions traîtres et inutiles, et de redevenir, passé le temps de l'écriture, ce *si peu de chose*. J'aurais voulu devenir cet esprit et cesser de mépriser la carcasse morte qui le contient. Effacer, oblitérer ce visage qui ne dit rien de moi, qui au contraire me trahit, retrouver l'aspect monstrueux qui, au verso, se moque de tant de banalité. Prendre une forme autre, être ce qu'il est, c'est-à-dire une chose unie, pleine, à la surface d'acier lisse, aux arêtes coupantes. Que l'on voie en moi cette chose cachée, que l'on sache qu'il est dangereux de s'en approcher, que l'on se méfie de sa cruauté, que l'on ne tente pas d'en être aimé. Comment se fait-il que personne n'ait encore perçu le danger de mon regard, ni sa fixité mortelle ?

Moi qui tiens si bien en laisse ma propre folie, j'aimerais un jour pouvoir tout abandonner, y compris la part lucide et rationnelle de moi, et boire le sang des innombrables victimes de mon imagination, me vautrer avec elles dans la même fange, quitte à mourir, quitte à plonger pour de bon, me laisser aimer et dévorer par les guenons, les chiennes, les enfants trouvés dans les poubelles, les femmes enfermées dans des poulaillers, les petites filles vêtues de rouge livrées aux jeux pervers des hommes, leur rendre ce que je leur ai pris, être leur nourriture alors que tout le temps je me nourris d'eux, les laisser se servir de moi comme d'un gigantesque morceau de viande offert en pâture à leur faim et à leur envie. Ainsi, seulement, je les mériterais.

Avec Bimala, je trouverai cela. Je l'ai cherchée pour cela. Elle me saura, et elle saura à quel point il était important d'enlever ma peau pour retrouver cette morsure essentielle. Elle seule saura le faire, ma dépeceuse magnifique.

Je la suis, je suis le balancement inconscient de ses hanches, sa mobilité spontanée. Une onde régulière descend le long de son corps. Le rythme de la marche a quelque chose d'animal, et notre danse à deux dans les rues de Delhi, moi suivant, elle suivie, me fait penser à deux animaux de la savane, condamnés à suivre leur instinct.

Si j'étais un prédateur, je la pousserais dans ses retranchements. Je l'entraînerais vers une impasse. Je l'acculerais à un mur. Puis, avec une grande délibération, au beau milieu de cette ruelle remplie d'ordures, je mènerais à bien ma curée, dents exposées, langue chercheuse, dévorant en elle tout ce qui attend d'être dévoré, révélant tout ce qui attend d'être révélé. Les sens aux aguets, j'entendrais les soupirs dissimulés sous ses sanglots et sentirais la réponse ténébreuse et sanglante de son corps. Elle ne verrait plus les souillures qui l'entourent. Elle n'entendrait plus la course des rats longeant le mur ni les chiens léchant les restes décomposés. Son corps se vautrerait dans toute cette crasse avec délectation et elle ne serait plus consciente que de moi. Et du fait que j'aie prononcé son nom : Bimala.

Réveillée au bout de ses soupirs, elle me regarderait avec des yeux écorchés et, du doigt, essuierait les gouttes restées sur sa bouche.

Mais je ne suis pas un prédateur. Je ne suis qu'une sorte d'animal estropié, abandonné par sa meute et qui lance son cri de détresse sans savoir s'il sera entendu. Je la veux en moi comme une lampe-tempête à la flamme échevelée et brève, je veux que nous nous reconnaissions, je veux être son ultime sauvagerie, sa rédemption. Je la rends à elle-même. Je ne prends rien d'elle.

Notre solitude commune est un fil ténu, tendu de l'une à l'autre. Elle n'est pas consciente de moi. Saura-t-elle comprendre ce que je lui offre ? Que c'est autre chose, une autre manière d'être comprise, d'être ressentie, d'être vécue, d'être habitée ? Tout ce temps, tu auras vécu, ignorée et inconnue même des tiens, de ceux que tu appelles tiens et qui ne le sont pourtant pas, qui ne l'ont jamais été. Tout ce temps, tu auras vécu, étrangère entre tes propres murs. Alors, qui es-tu ? À qui as-tu droit ? Qui peux-tu appeler « tiens » ? N'est-ce pas une chose autre, à laquelle tu n'as jamais pensé parce que tu ne pouvais imaginer une telle complicité, une telle entente, une telle empathie ? Ne comprends-tu pas qu'il est un lieu où tu peux être entièrement chez toi, en toute appartenance ?

Je lui explique ainsi les choses, je tisse sa vie de mes envies, je déroule les images qui la ramèneront vers moi. Je lui achète ce sitar magnifique qu'elle couve des yeux, je l'écoute tandis qu'elle en joue, je lui apprends à être elle, à ne pas s'effrayer de mon ombre, à ne pas s'effacer de son regard, puis je lui dis à quel point elles me sont précieuses et nécessaires : elle et la musique. Arrêt, cassure brutale sur un accord tandis que le silence se remplit du bruit mouillé de nos langues.

Pour l'heure, inconsciente de tout cela, elle est une page vide attendant d'être écrite.

J'écrirai Bimala. Encre, plume, mots, tout cela sortira de mon corps et s'inscrira sur le sien. Quel plus beau papier que la peau vierge d'une femme ? Et quelle plus belle poésie que celle écrite par la langue sur son corps ? Mes métaphores sont jouissives et je les aime.

Ce soir, ma logeuse semble me regarder avec un surcroît de méfiance. Elle sent mon désarroi et mon énervement. Je bois une bière Kingfisher à la bouteille (ce qui la choque beaucoup) et je vais réfléchir dans ma tanière. Je mets un CD. Ce soir, je n'ai pas envie de musique indienne, mais de tango argentin. J'ai lu quelque part que Borges trouvait le tango à la fois artificiel et sentimental, et qu'il n'aimait pas cette musique. Pourtant, qu'y a-t-il de plus vénéneux ? Surtout ici, où tout demeure sous la surface, où les choses ne sont pas dites, les mots définitifs ne sont pas prononcés, les gestes s'esquissent dans l'ambiguïté, cette musique défait et contredit tous les codes, elle pénètre les failles de cette civilisation du non-dit, elle étale au grand jour l'interdit, et elle rit de son insolence. Entre confrontation et fusion, la conversation des pieds, dans le tango, est à la fois une séduction et une guerre. J'écoute cette musique et m'endors en donnant des coups de pied nerveux dans l'air. Je suis en phase avec mes rythmes, je mène la danse. La vie est si belle.

Avril 2004

Bijli est en train de se laver les cheveux sous le robinet de la cour en chantant, de sa voix éraillée, une très vieille chanson d'amour : *Awaaz de kahan hai... Duniya meri jawan hai...* Subha se penche sur la balustrade du balcon et la regarde. Ses cheveux mouillés lui enveloppent les épaules, capturant les lumières du jour. Les courbes du corps de Bijli sont harmonieuses. Son dos nu est couleur de terre lustrée de pluie. Pourtant, tous ne voient en Bijli que la dernière des dernières.

Bijli attire les hommes, mais ce ne sont jamais les bons. Ils s'installent dans l'abri qu'elle loue à prix d'or dans un bidonville et boivent tout l'argent qu'elle rapporte. Elle a toujours une longue litanie de griefs à raconter. Personne ne s'arrête pour lui parler, mais cela ne l'empêche pas de faire part de ses mésaventures aux habitants de l'immeuble.

Au moment où Subha la regarde, elle lève les yeux et la voit. Subha recule, mais trop tard. Bijli sait qu'elle a une auditrice. Son visage grimace de colère tandis qu'elle parle du mâle qui partage sa couche. « Je lui donne tout, à boire et à manger, de l'argent, un endroit couvert pour dormir, et tout ce qu'il veut, c'est me cogner et me baiser ! »

Elle dénude son épaule pour montrer au monde l'ecchymose en forme d'orchidée noire sur son omoplate.

« Baiser et cogner, oui, c'est tout ce qu'ils savent faire, grande sœur ! Hier soir, vous n'imaginez pas ce qu'il m'a fait, il arrive à trois heures du matin, il pue l'alcool et ce bidi de merde qu'il fume même s'il sait qu'il va se faire bouffer la langue par le cancer comme tous les autres, mais cela ne l'empêche pas d'être active, sa langue, je vous dis pas, et il réveille tout le monde en leur marchant dessus et les enfants braillent, il arrive jusqu'à notre coin, moi fatiguée je dors, et qu'est-ce que vous croyez qu'il fait, le connard ? Il descend son pantalon et s'agenouille près de moi, c'est vrai sur la tête de ma pauvre mère, grande sœur, il me secoue et me présente ça au visage, mais vous croyez que je me suis laissé faire ? J'ai pris le balai que je garde avec moi pour pas qu'on me le vole et je lui ai donné une de ces raclées, je vous dis pas, il était tellement saoul, il a pas compris ce qui lui arrivait et il s'est enfui avec son pantalon autour des jambes, il croyait que des *ghoondas* s'attaquaient à lui, il a même pas compris que c'était moi ! En tout cas, j'espère qu'il y pensera à deux fois avant de se présenter à moi comme ça, l'espèce de fils de porc, ou alors qu'il trouve une autre chienne qui accepte de lui faire ça à trois heures du matin quand il n'a pas un sou en poche ! »

Elle se rattache les cheveux en un chignon humide et dégoulinant et regarde Subha avec un sourire furieux. Subha ne peut s'empêcher de sourire aussi. Un instant, elles sont liées par une gaieté vengeresse à la pensée de l'homme qui fuit avec son ignominie autour des chevilles.

« Vous êtes bonne, vous, grande sœur, dit Bijli. Pas comme cette vieille bique qui habite chez vous, pardonnez-moi l'expression. Comme si j'avais besoin de voler ses sandales ! Ils ont pas encore compris qu'aujourd'hui les Dalits ont des droits ! Dites-lui qu'elle ferait mieux de se tenir ! »

Elle reprend son balai et s'éloigne, les épaules plus droites qu'avant à cause du regard de Subha qui lui caresse le dos.

Mataji n'a encore rien compris à ce nouvel ordre. Elle affiche son mépris de femme de haute caste, mais c'est Bijli qui, là aussi, aura le dernier mot. Et il était temps. Du moins, Subha l'espère secrètement, même si elle n'ose le formuler en autant de mots.

Elle n'a d'ailleurs jamais su formuler quoi que ce soit, ni ses opinions ni ses envies. Enfant fermée dans sa timidité comme dans une forteresse, elle avait senti très tôt la poussière d'humilité qui se posait sur elle et s'épaississait chaque année, à mesure qu'elle sortait de l'enfance et devenait cette « charge » dont les parents avaient hâte de se débarrasser. Son unique chance de briller, même d'une lueur pâle, s'était envolée lorsqu'on avait interrompu sans la prévenir ses cours de sitar. Son professeur, un vieux monsieur maigre au regard usé, sans doute trop pauvre ou trop peu talentueux (ou les deux) pour faire carrière autrement, lui avait pourtant dit que, peut-être, peut-être, elle avait quelque talent. Elle avait accueilli ces mots avec une joie qu'elle avait su dissimuler, consciente, même à cet âge, du danger des bonheurs excessifs : ils risquaient de vous être aussitôt dérobés.

La leçon avait lieu sous le vieux *peepal* au fond de la cour, qui avait survécu, disait-on, à plus de cent moussons. Dès que le maître de musique jouait les premières notes, les douzaines de moineaux qui vivaient dans l'arbre se taisaient, comme muselés par un son qui pouvait se révéler plus harmonieux que le leur. Subha, elle, attendait cet instant. Que les oiseaux s'interrompent, que les nuages, ventrus de pluie, se suspendent et que le monde s'absente pour donner le temps à la musique de vivre. Le silence ainsi annoncé par les oiseaux et les nuages et le monde creusait un trou dans sa paume lisse.

La fille du jardinier se cachait dans les buissons pour écouter les improvisations du maître. On apercevait quelquefois ses grands yeux noirs, comme ceux d'un animal immobile parmi les feuillages.

Un jour, au crépuscule, il avait joué les notes d'introduction du raga Malkauns. « Cette mélodie ne doit être jouée qu'à cette heure, avait-il dit en la regardant d'un air sévère, car c'est une musique d'adieu et de souffrance. Ceux qui la jouent ou l'écoutent à n'importe quelle heure ne savent pas qu'ils laissent entrer ainsi des gouttes de mélancolie au milieu du bonheur. » Le rouge du soleil s'était glissé dans ses harmonies plaintives. À chaque note s'était mêlée la mort de la lumière. Elle avait cru voir de même une annonce de fin sur le visage trop calme du maître.

Le maître disait que le bon joueur de sitar peut faire pleurer son auditoire rien qu'en jouant une note.

Même si elle ne jouait que cette unique note, cela lui suffisait. À ce moment-là, elle ne désirait rien d'autre.

Cela n'avait pas duré. Son père y avait mis fin. On ne lui avait pas donné de raison. Peut-être n'y en avait-il pas. Ce chapitre, à peine ouvert, était déjà clos, sans même qu'on ait pris la peine de le lire. Un jour, la place du maître était restée vide. Elle avait attendu sous le *peepal*, mais les oiseaux avaient continué de pépier, et les nuages ne s'étaient pas attardés. Elle avait tenu l'instrument jusqu'à ce que l'obscurité vienne, mais, sans la voix du maître lui disant « une seule note », elle n'avait plus eu le courage d'aucune note.

La fille du jardinier, la voyant attendre en vain, lui avait adressé un petit sourire qui semblait dire qu'après tout, elles n'étaient pas si différentes l'une de l'autre.

Elle avait absorbé et accepté la froideur de cette décision avec un semblant de calme. L'instrument était resté dans un coin, s'était doucement désaccordé, s'était couvert de poussière, avait été oublié. Subha avait pensé à autre chose, avait vite abandonné ce rêve, comme tous les rêves des petites filles idiotes. Autre leçon apprise en peu de temps.

Alors pourquoi y pense-t-elle de nouveau ? (Serait-elle redevenue une petite fille idiote ?) Elle a envie d'essayer, au moins une fois encore. Sentir l'instrument contre son corps, toucher les cordes, les réapprendre. Croire qu'elle peut faire autre chose que toujours poser les pieds dans ses propres pas.

Chaque fois qu'elle sort faire des courses (ou parfois même sans ce prétexte), elle s'arrête devant un magasin d'instruments de musique. Elle le fait furtivement, sans rien dire à qui que ce soit, comme si elle allait à un rendez-vous clandestin. C'est d'ailleurs un peu cela. Elle a rendez-vous avec un sitar. Elle a rendez-vous avec un rêve qu'elle croyait abandonné. Elle ose mettre le pied sur une pente peu familière, hors de ses rails. Déjà, c'est une culpabilité. Peut-être est-ce là ce qu'elle cherche, après tout ? Une épice différente de celles qui parfument ses currys, à l'odeur plus suave et plus obscure ?

Elle croit se retrouver sous le *peepal*, l'arbre à moineaux ; le temps de sa contemplation, la dense circulation de Delhi se tait, comme les oiseaux. Elle retrouve ce trou de silence qui ne s'ouvre que pour elle, qui est une entrée dans le lieu pulsant, dans l'énigme de la musique. Elle est si concentrée qu'elle ne voit rien d'autre, ne sent aucune présence, n'entend plus aucun bruit. Un chemin ouvert au creux du monde, où chaque pas tremblant la mène un peu plus loin des lieux convenus qu'elle ne cesse d'arpenter. Pour une fois, se livrer à un élan irraisonné et déraisonnable. Est-ce là un rêve trop fou ?

Elle s'éloigne avec une petite pensée ironique : pauvre Subha, qui ne sait même pas si elle aura jamais le courage d'aller jusqu'au bout, de demander à Jugdish de lui acheter un sitar, de braver les sourires dédaigneux ou moqueurs des autres. Ils penseront tous qu'elle cède à un caprice tardif et seront persuadés qu'elle n'y arrivera pas. Peut-être même se lassera-t-elle très vite.

Car que sait-elle de ses propres envies ? Une note, une seule, et puis on s'arrête, et c'est suffisant, le trop peu l'ayant consolée et protégée du trop ?

Elle reprend le cours de sa vie, étonnée de tout ce gris qui l'entoure.

Elle ne remarquera pas la présence qui louvoie aux abords de son regard, jusqu'à ce que.

Mystère de la présence. Elle n'est plus un vide au creux de plus grands vides. Plus une absence parmi les absents. Devenir quelqu'un. Peu importe qui. Moi.

Mais d'entrer dans cette maison inconnue en un dernier sursaut d'individualité, est-ce cela, la réponse ? La seule manière de leur dire, à tous, vous ne me connaissez pas le moins du monde ? Se rattraper in extremis au bord aigu d'une falaise, les pieds s'ébattant dans le vide ?

Elle ne sait même pas si c'est cela, la raison. Elle ne sait pas s'il y a une raison, comme en toute chose, pour ce qui la concerne. Seulement, ce n'est pas un cours de sitar qui a été sa manifestation d'indépendance.

Pas un cours de sitar mais un regard qui prétendait la rendre à elle-même. Et pas seulement un regard : des mains, une bouche, des caresses, un sexe. Voilà, c'est dit.

Avant cela, elle ne savait pas quelle était la voix de son corps. Ni même que son corps avait une voix.

La porte du balcon s'ouvre. Son fils Kamal sort, s'appuie à la balustrade, allume une cigarette. À un mouvement qu'elle fait, au bruissement de ses vêtements ou de son souffle, il prend conscience de sa présence et, aussitôt, jette sa cigarette.

« Qu'est-ce que tu fais là ? » demande-t-il.

Son intonation est irritée, comme si c'était elle qui l'avait dérangé.

« Je voulais prendre un peu l'air, dit-elle. Il fait si chaud… »

Elle entend la banalité des mots, si mal accordés à son état d'esprit. Déjà, en présence de son fils, les masques reprennent leur place comme s'ils n'avaient jamais été écartés. Le besoin de se justifier refait surface. Son corps adopte une posture moins lâche, les os liquéfiés se remettent en position avec des craquements discrets, le visage, lentement, se verrouille sur son sourire habituel, mi-compassion, mi-écoute attentive : masque de la mère qui est, en ce moment, en parfaite contradiction avec ce qu'elle est.

Il hoche la tête, mais c'est peut-être parce qu'il ne l'a pas écoutée. Il s'assied sur un tabouret bas et se met à se ronger les ongles. Vieille habitude d'enfant dont elle a eu beaucoup de mal à le débarrasser, et qui semble finalement lui être revenue. Cela dure déjà depuis quelque temps, puisque la chair au-dessous est à moitié dénudée, jaunâtre et fripée, les ongles ne formant à présent qu'un rempart inefficace qu'il s'applique à enlever en les grignotant avec minutie.

« Qu'est-ce qui ne va pas ? » demande-t-elle, se forçant à revenir là où elle était avant de partir et à se souvenir de qui elle était alors. Mais l'ombre de ce temps-là s'obstine à se défiler avec une sorte de moquerie. La réponse de Kamal est une giclée froide qu'elle ne peut éviter.

« J'ai été expulsé de la faculté.
— Expulsé ? Ça veut dire quoi, expulsé ?
— Est-ce qu'il y a dix mille façons de comprendre ce mot ? Ça veut dire viré, remballé, éjecté. Tu veux un autre synonyme ? »

Elle choisit d'ignorer le sarcasme.

« Qu'est-ce qui s'est passé ?
— Tous les étudiants qui ont participé à la manifestation ont été exclus par Dieu le père. »

Une pensée foncièrement égoïste traverse aussitôt l'esprit de la mère qui réintègre son corps à toute vitesse, même si cette enveloppe est désormais trop étroite :

« Ça y est, c'est ma punition qui arrive. » (Divine rétribution, déjà ? Les dieux sont-ils si rapides ?)

« Quelle manifestation ? demande-t-elle d'une voix dont elle tente de moduler l'inquiétude.

— Quelle manifestation ? Mais sur quelle planète tu vis ? »

Elle reçoit son hostilité et l'absorbe. Elle ne dit rien. Tout ce qu'elle pourrait dire lui serait renvoyé à la figure. Il a vingt-trois ans et ne voit en elle qu'une ignorante. Elle croit maintenant se souvenir des bruits et des échos de cette manifestation. Des grondements, des voix en colère, des banderoles, des slogans, une intervention armée, des blessés, des emprisonnés. Mais son esprit était ailleurs. Son corps aussi.

Dire quelque chose. Ne rien dire. S'exposer à sa colère. Elle sera le bouc émissaire. Elle ne veut pas. Trouver quelque chose qui l'accroche, tout de suite, qui lui montre qu'elle peut comprendre les choses s'il les lui explique clairement. Non. Qu'elle peut tout comprendre, tout comprendre, parce que, désormais, elle a vécu. Elle a vécu ? Pas plus qu'hier et pas moins que demain, sûrement ? Mais quelle importance. C'est lui qui est au centre des choses, et pas elle.

Trouver quelque chose à dire. N'importe quoi avant que le silence se fige entre eux comme un cadavre qu'il ne sert à rien d'autopsier.

« Est-ce bien raisonnable de te mêler de politique en ce moment ? tente-t-elle enfin.

— Parce qu'il y a un moment pour ça ? »

Elle a froid. Le puits où elle a pris l'habitude de se cacher lui tend de nouveau les bras.

Mais Kamal ne pense plus à elle, il est ailleurs, dans une autre vie qui a raidi ses yeux et creusé son visage.

« J'ai deux amis à l'hôpital, matraqués par la police. Trois autres, dont une fille, sont en prison. La fille a commencé une grève de la faim pour exiger un avocat. Cela fait trois jours... Elle n'a pas l'habitude... On ne sait pas s'ils vont céder. J'ai écrit un article dans le journal des étudiants, mais la direction l'a très mal pris. On ne peut pas se laisser faire.

— Oui », dit-elle, ressentant une sorte de fierté. Elle n'avait jamais pensé qu'il se préoccupait de tels problèmes, son petit garçon choyé. Elle se réjouit qu'il ait une conscience, et n'est même pas sûre qu'elle puisse s'en féliciter.

« Elle est si fragile, elle risque de mourir si on n'agit pas.

— De qui parles-tu ? » demande Subha.

Kamal la regarde avec un mépris qui la fait reculer.

« Tu ne m'écoutes pas, n'est-ce pas ? Comme toujours. Rien ne change. Rien de tout cela ne te préoccupe. Vous êtes bien à l'abri, toi, Papa et Grand-mère, derrière vos certitudes. Je viens de te dire que j'ai une amie en prison, qu'elle a été maltraitée par la police, qu'elle fait une grève de la faim pour demander un procès en bonne et due forme, qu'elle risque de mourir et — bon, ce n'est pas la peine d'en parler.

— Si, j'aimerais que tu m'en parles. Qui est cette fille ? Comment s'appelle-t-elle ? »

Encore énervé, il choisit de ne pas répondre. Au bout d'un moment, contemplant son visage triste, ses doigts massacrés et ses cheveux en paillasse, poussée par l'envie de franchir cette distance qui s'est créée entre eux, c'est elle qui parle, prononçant des mots auxquels elle ne s'attend pas :

« Kamal, dis-moi… Tu as déjà été amoureux ? »

Elle regrette aussitôt ces paroles, car il entre dans une sorte de colère puérile qui le fait ressembler à un enfant capricieux.

« Qui a parlé d'être amoureux ? Je t'ai dit que c'est une amie et tu sautes déjà aux conclusions ? Je suppose que tu vas te dépêcher de tout dire à Papa, que vous allez tous en faire une affaire d'État ? Bientôt tout le quartier va dire que je sors avec une musulmane, c'est ça ? Il n'y a rien entre nous et de toute manière cela ne te regarde pas, alors ne te mêle pas de ça ! »

Il se précipite à l'intérieur de la maison à grand renfort de claquements de portes.

Il est parti. Là où il était, le vide est assourdissant. C'est le début du grand départ, Subha, de tous ces tiens qui ne sont plus tiens, lui dit méchamment la clameur de ce vide. De quoi te plains-tu ? Ce n'est pas comme si tu avais grand-chose à leur donner. La voix ne parle plus : elle mord.

Ce n'est que bien après qu'elle comprend ce que Kamal a dit.

Elle tente de sonder ces années où elle n'a jamais douté de son amour pour ses enfants. Elle ne retrouve que des actes convenus ; des gestes sans signification qui n'ont abouti ni à la confiance, ni à la compréhension. Au lieu de l'amour, elle voit l'habitude de l'amour.

L'habitude : la gangrène qui ronge les familles. Celle qui l'efface et l'annule, même aux yeux de ses propres enfants.

La tristesse qu'elle ressent la condamne à rester assise sur ce balcon pour le reste de sa vie et à y prendre racine. Peu à peu, la poussière la recouvre. À l'intérieur et à l'extérieur de la maison, la vie continue. Au début, on s'étonne un peu de son absence, surtout au moment des repas manquants. Puis, on s'organise. Mataji part en pèlerinage. Jugdish va au bureau. Les enfants poursuivent leur chemin. Les rouages fonctionnent. La seule qui soit déréglée (c'est le cas de le dire), c'est elle. Elle ne manque à personne. Une disparition ? À peine. À peine. Pour disparaître, encore faut-il être.

Des bourgeons poussent de ses bras, les oiseaux font leur nid dans ses cheveux. Le vent lui apporte un peu de fraîcheur, la pluie humecte ses lèvres violettes. Comme en ascèse, elle entre en elle-même et se cherche. Aura-t-elle l'illumination de Bouddha ? Au bout d'années d'immobilité, se réveillera-t-elle, fantôme décharné et squelettique, aux ongles courbes, aux cheveux fous, pour se mettre à danser en disant : j'ai le secret ? Le secret de quoi, d'ailleurs ? Celui des femmes ?

Elle sourit de cette fantaisie. Quelque chose lui murmure à la bouche que le secret des femmes ne se trouve pas — loin s'en faut — dans l'ascèse.

Le secret des femmes, c'est qu'elles veulent continuer de vivre, même après un demi-siècle d'existence, même après que tous les devoirs ont été remplis. La société, les jugeant désormais inutiles puisque dépourvues de rôles, organise leur mise à mort. Elle les met en rang, les charge dans un camion et les conduit à la mort. Elle leur tranche la gorge en un rituel bien défini, sous une pancarte explicite : Abattage de femmes ménopausées. Et elles ne disent rien, ne se plaignent pas, se jugent saintes et vertueuses et même victorieuses par humilité, leur seule vertu étant ce silence qui fout la paix à la société et aux hommes. Mais, au fond d'elles-mêmes, quelque chose continue. De vivre, de battre et de grandir. Une vie après la mort. Dans la mort.

Être réincarnée en sitar, si longtemps après ? Pourquoi pas ?

Un raga nocturne, lent, lointain. Le raga Malkauns, peut-être, qui réveille les nuages assoupis, dénude leur ventre et divulgue l'orage qui y gronde encore.

Toute seule sur ce balcon dont elle ne savait pas qu'il deviendrait un lieu privilégié pour échapper au regard des choses, elle parle à son fils pour lui dire : Pardonne-moi de n'avoir pas essayé de savoir plus tôt qui tu es.

Mars 2004

Une étoile filante surplombe mon ciel de bitume. Une petite fille, soulignée de trois cerceaux, prend la couleur du vertige. Elle va si vite dans son espace que je ne vois plus qu'une fulgurance de lumière. Elle au milieu, corps compact et gracieux comme celui d'un elfe imaginé entre des feuillages de bois. Plus loin, une femme ignore son envie de vivre. Elle marche dans la mort sans le savoir. Il n'y a plus rien pour elle. Encore plus loin, l'ombre qui les observe toutes deux se sent inutile et dépassée. Comment les rattraper en milieu de parcours et les aimer pareillement, de toute la force de son amour, de toute sa fabuleuse générosité ?

Qui les regarde ? Qui les regardera jamais ? Autour d'elles, chacun est pris dans sa propre danse de survie. S'il leur arrive de tomber, elles ne grimacent pas mais boitillent un peu en marchant, une fleur de sang caillé noir épanouie sur leur genou ou leur cœur.

Mes bras me font mal tant j'ai envie de les porter.

Je crois que je n'ai jamais aimé : cet amour-ci est différent de tout. Je crois n'avoir jamais connu la douleur du dépossédé. Ce que j'ai pris pour un désir physique contraire à tout ce que j'ai vécu ne l'est pas réellement, ou en tout cas pas uniquement. C'est une imploration qui semble sortir du ventre tout autant que de la tête ou du cœur, et j'aspire à leurs mains, à leur sourire, à leurs lèvres, à leur regard, et cela me fait mal, physiquement mal, mal au dos, à la nuque, aux mollets, aux chevilles, partout où mon corps me parle d'absence, j'ai le mal d'absence et il n'y a qu'elles pour le conjurer, elles, dont l'implosion semble inévitable. Je ne vivrai pas, moi non plus, plus longtemps qu'elles.

Je ne renaîtrai pas, mais je continue, pour un temps. Parce que je me manifeste autre, je comprends que ce mystère que je cherche à percer, ce mystère du moi, du nous, du toi, je suis sur le point d'y parvenir, je comprends pourquoi, dans mes rêves les plus tremblés et les plus ténébreux, c'est un antre féminin qui m'offre sa divine exploration, sa moiteur, son rouge, son secret et pourquoi, ayant palpité de caresses interdites, je m'y love embryonnaire et m'endors, sachant que rêver de sommeil dans un rêve est une annonce de mort.

Tandis que je poursuivais la violence qui ronge mes écrits, je voyageais parallèlement vers une douceur maternelle et ventrale, qui m'apporterait enfin la consolation du définitif endormissement.

Entre-temps, je me rends compte que les gens autour de moi — devinent-ils quelque chose ? — me surveillent. Je ne dois pas faire un seul geste ambigu. Je dois rester dans le droit, irréprochable, insaisissable. Je ne m'autorise pas encore cette trêve, cet écart de mes propres codes qui semble pourtant m'attendre. Leur condamnation serait immédiate, sans appel. Je ne pèserais pas bien lourd face à leur colère, à leur violence. Leur respect ne va pas plus loin que la rigidité de ma conduite. Toute incartade sera punie. Leur regard est lourd comme la sueur qui graisse leur peau. Je commence seulement à comprendre combien de niveaux cachés il y a dans ces regards apparemment placides que je croise au quotidien.

Ce quartier — on me l'avait déjà dit — est dangereux. La nuit, ils ne dorment pas, ils trafiquent, ils volent et parfois ils tuent pour survivre. (J'entends leur bruit d'ailes, leur noirceur huilée qui passe par-dessus les fenêtres, à travers les murs.) Leur corps est fluide, liquéfié. Les gens bien se barricadent. Parfois, j'entends les sirènes des voitures de police et des bruits de fuite, mais lorsque je regarde par la fenêtre, il n'y a plus personne. Ils ont disparu, happés par le sol, par les ombres. Les agents fouillent les environs, ils arborent tous cette moustache supposée donner de l'autorité à leur stature minable. Parfois, ils découvrent un cadavre parmi les ordures. Ils l'emmènent alors en le tenant par les bras et les pieds, sans un regard pour le sang ou les autres matières qui en dégoulinent. Ils n'attendent pas le médecin légiste ou le photographe de police. Ils le soulèvent et partent. Il sera balancé dans une fosse où sont entassés tous les cadavres anonymes ramassés pendant la nuit comme autant de blattes attendant d'être écrasées. Dans une ville de près de seize millions d'habitants, un de plus ou de moins, ce n'est pas très important. Tout devient très relatif. Une part de la ville continue de dormir tandis qu'une autre part vibre, élastique, vitale, létale. La ville se retourne comme un gant, montre l'envers de sa peau mangée par la lèpre et néanmoins belle.

Nuit et jour, deux villes différentes. Les monuments historiques respirent le silence d'une civilisation jadis extraordinairement vivante, puis prise dans une mort éternellement en devenir. Les pierres entrent dans cette attente marbrée qui sera leur seule éternité. Immenses tours, dômes couronnant des palais à la symétrie parfaite, jardins linéaires comme des chemins convergeant vers un point invisible que seul a su percevoir le dessinateur, parfum des fientes de chauves-souris que la constance a transformées en gardiens du temple, tout cela tranche complètement avec le magma de la ville moderne, l'ébullition de ses haleines, de ses rythmes. Dès que l'on entre dans l'enceinte d'un monument, le son est coupé, l'air devient respirable, les pas s'alentissent, l'élan s'interrompt. On entre dans une bulle temporelle, immobile de splendeur. L'empereur Humayun, longtemps mort, a la respiration lente, apaisée. Les marbrures compriment l'usure du temps. Un paon caché dévoile sa parure. Rien ne s'efface, ou alors c'est si insidieux que des générations auront le temps de se faire et de se défaire avant que l'on n'en constate la dégradation. Ce Delhi-là vit hors du temps. Dehors, on se bouche les narines pour ne pas respirer l'air pollué. Dehors il y a les gens enfumés et les tissus crasseux. À l'intérieur, on respire les siècles. Cela ressemble à un miracle accompli rien que pour moi.

Ce n'est pas un monde auquel on s'habitue, mais il est facile d'en accepter l'étrangeté. C'est un décalage captivant où l'on est hors de soi-même, face à des choses brutes et belles qui remuent en soi des boues inconnues, des envies inexplorées, des nostalgies parfaitement inattendues. Cela vous encourage à aller plus loin, sans réfléchir qu'un jour vous pourriez aller trop loin et ne plus savoir comment revenir.

Moi qui jadis n'osais m'aventurer dans des lieux inconnus, moi qui, quand j'étais à l'étranger, pouvais passer des journées entières dans une chambre d'hôtel minable plutôt que de me promener par peur de me perdre et de ne pouvoir me retrouver, je prends ici des risques inattendus. C'est ainsi que, sur un coup de tête, je me rends dans la vieille ville fortifiée, qui est pourtant un dédale dans lequel les étrangers ne se risquent jamais seuls.

Toutes les ruelles se ressemblent. Toutes les façades sont pareillement vétustes. Entre les murs hauts, il n'y a rien qui aide à s'orienter. Les marchands et les passants ont l'air d'avoir le même visage. J'ai pourtant eu cette témérité. J'ai commencé à marcher en prenant des repères, m'appuyant sur ce que je pensais pouvoir reconnaître et dessinant dans ma tête un plan précis. Au bout d'une heure, je ne savais plus où j'étais. J'empruntais des enfilades de ruelles puantes, espérant que je finirais par me retrouver sur une grande artère ; mais, de manière tout à fait inexplicable, j'aboutissais chaque fois dans les maisons des gens. Les rues semblaient mener tout droit chez des particuliers aux portes ouvertes.

Je croyais emprunter un passage vers une autre rue et me retrouvais face à une famille silencieuse au milieu de son repas de midi. Ils s'interrompaient et me regardaient sans rien dire, sans un sourire. Je me confondais en excuses, joignant les mains en un *namasté* des plus humbles et battais en retraite. Au bout d'une dizaine de minutes, la même chose se répétait. Je franchissais une porte s'ouvrant dans un mur au bout de la rue et tombais sur une femme vêtue de bleu faisant sa lessive. Plus loin, c'était un vieillard qui dormait sur un *charpoy* dans la cour intérieure. Une autre fois, c'était un groupe d'hommes barbus qui partageaient un *hookah*. Sous leur regard fixe et voilé, j'ai eu très peur. L'un d'eux a fait un geste, d'accueil ou de menace, je ne sais pas. Je n'ai pas attendu pour le savoir. Tout le danger de ce lieu, de son histoire, m'est apparu avec force, en même temps que ma propre faiblesse. Si je disparaissais ici, personne ne le saurait.

J'ai cru que j'étais la proie du vieux Delhi et que je n'en sortirais jamais.

Au bout d'une rue particulièrement sombre et malodorante, je parviens à un carrefour où un vendeur de pain m'indique le ciel. Je lève la tête. D'épaisses poutres de bois sont fixées au sommet des murailles encadrant cette place. Je les regarde un instant sans comprendre, jusqu'à ce qu'il m'explique : *People hanging here.*

Punished and hanging. Men, women, children. Des centaines de pendus.

Il m'a tendu un vieux livre tout taché de je ne sais quelles matières dans lequel on parlait de l'histoire de cette partie de la ville. À ce même carrefour, Dara, le fils aîné de l'empereur Shahjahan, a été décapité par son frère Aurangzeb et son corps exposé pendant un mois. Plus tard, Aurangzeb y a lui-même été assassiné. Les deux fils de sept et huit ans d'un autre empereur, Bahadur Shah, ont été fusillés par les Anglais devant la Porte du Crime, non loin. Le livre se délectait de ces histoires sanguinaires. Ce lieu était jonché de cadavres. On marchait dessus sans le savoir. On écrasait la chair de toute l'histoire.

« Même de nos jours, a poursuivi le marchand en souriant, c'est ici que les gens sont assassinés. Surtout les femmes. Crimes d'honneur, vengeances contre femmes adultères, a-t-il ajouté en me regardant d'un air entendu. *I can show you where. Come.* »

Avait-il l'intention de m'entraîner dans quelque bouge où les murs seraient éclaboussés de vieux sang et des matières éclatées du corps humain ? Est-ce pour cela que tout le monde dit de ne pas aller seul dans le vieux Delhi parce qu'on n'en reviendrait pas ?

Je l'ai laissé là en fuyant presque, de peur qu'il ne me prenne par le bras. Dans l'état de délabrement mental où je me trouvais, il m'a semblé voir des corps partout, se balançant doucement du haut des murs, éventrés sur les remparts, leurs ombres jalonnant chacun de mes pas. Je pouvais à peine avancer. J'étais dans une partie de la ville qui rejetait totalement ma présence, où je faisais figure, moi aussi, de coupable et pouvais ainsi m'attendre à ce que l'on m'attrape et me punisse pour des crimes de chair, des crimes d'honneur. C'est alors que j'ai senti des gouttes de sang couler dans mon cou. J'ai poussé un cri. C'était la pluie. La mousson commençait. Une mousson précoce et menaçante, annonciatrice d'autres crimes.

Finalement, j'ai trouvé un rickshaw. J'aurais pu embrasser son conducteur lorsqu'il m'a dit qu'il me conduirait hors de la ville fortifiée.

Quand la mousson a commencé, j'ai eu plus de mal à suivre Bimala. La pluie est le meilleur déguisement qui soit. Je l'ai souvent perdue en poursuivant un parapluie à fleurs, dansant sous les gouttes, qui n'était pas le sien. Je la retrouvais en pataugeant dans les mares gluantes, le bas de mon *churidar* se chargeant de toute cette eau sans que j'y fasse attention. J'abîmais ainsi tous mes vêtements et n'avais pas le courage d'en acheter d'autres. Je portais contre vents et marées les mêmes cotonnades défraîchies qui me rendaient invisible : je ressemblais de plus en plus aux innombrables indigents de la rue.

Un jour, elle s'est réfugiée dans l'échoppe de Velluram. Je n'ai pas eu le temps de me cacher ailleurs. Il m'a fait de grands signes. Elle a eu l'air surpris de me voir ; peut-être avait-elle un vague souvenir de moi devant le magasin de sitars, peut-être sa mémoire subliminale s'est-elle remémoré une forme pareille à la mienne ? Peut-être a-t-elle senti ma confusion ? Je crois que j'ai rougi : le temps de la dissimulation était révolu.

Velluram s'est mis à me parler en gesticulant et c'est là que j'ai vu qu'il arborait une dentition complète et atroce. Elle était si mal ajustée qu'il ne parlait plus mais émettait des cliquetis ensevelis dans un gargouillis de salive. J'ai cru comprendre qu'un ami lui avait offert un vieux dentier en cadeau, et qu'il l'avait fait réajuster par un autre ami, mécanicien celui-là et improvisé dentiste pour l'occasion. Je n'ai aucune idée de la façon dont ils ont réussi à faire tenir cet appareillage précaire. Il était très content, si fier de lui que je n'ai pas eu le cœur de lui dire qu'il avait plus de chances de gagner sa belle sans dents. Ce sourire vampirique avait sa place dans un film d'horreur, pas dans une comédie romantique. Bimala lui a jeté un coup d'œil irrité et un peu inquiet lorsqu'il s'est penché sur la marmite de thé.

Elle regardait la pluie. Moi je la regardais. Si près d'elle, je voyais de petites vapeurs s'élever de son bras. Le duvet soyeux qui le recouvrait. Un signe à l'orée du cou. Une goutte d'eau reposant sur son épaule comme un ver joufflu. Le silence de notre proximité ressemblait déjà aux silences de l'habitude. Le vent a fait voler le pan de son sari vers moi. Il m'a effleuré le bras. J'avais l'impression que c'étaient ses doigts.

J'ai respiré fortement pour la sentir, pour absorber son odeur, ses poussières. Je l'ai observée aussi intensément que l'autorisait la discrétion pour suivre tous ses détours. Voyant que la pluie commençait à diminuer, j'ai tenté de trouver le moyen de l'intéresser à moi, de nous lier par un mot, par un sourire. De ne pas rester plus longtemps anonyme à ses yeux. C'est l'imagination du désespoir qui me sauve.

J'ai parlé à Velluram de ma passion pour le sitar. Dans un mélange d'hindi et d'anglais rendu plus bafouillant par la confusion, aussi ridicule que son dentier, j'ai tenté de tout dire, je veux dire du désir qui me rongeait, je parlais en réalité d'elle, mais en la remplaçant par le sitar, j'ai osé parler d'amour. Ai-je su m'exprimer ? Velluram était interloqué de cet épanchement dont il ne comprenait que deux mots sur quatre. Bimala, elle, m'écoutait. Elle souriait même un peu, m'entendant décrire ce qui correspondait sans doute à son propre état d'esprit.

Si elle savait que, parlant des formes du sitar, je parlais des siennes, que mon envie de caresser l'instrument n'était qu'un jeu sur les mots, que les nuits blanches que j'invoquais étaient des nuits tout entières consacrées à Bimala ! Si elle savait, elle me regarderait comme un monstre. Je le sais.

J'ai vu ses yeux qui s'agrandissaient, elle tentait de se souvenir de moi devant le magasin d'instruments, elle se demandait comment cela se faisait que ses souvenirs ne soient pas plus précis. Elle ressentait une résonance commune entre nous, il lui semblait peut-être entendre ma voix comme un écho à sa voix intérieure, et je m'encourageais effectivement, et j'ai décrit avec tant de minutie les émotions exactes qui la traversaient devant le magasin de sitar qu'à un moment elle a tendu la main vers moi, oui, elle a eu ce geste, main en avant, bouche ouverte, yeux figés pour me dire « oui, moi aussi, je sais, c'est exactement cela », mais je lui ai souri alors, et peut-être s'est-elle rendu compte de son geste, car sa main s'est arrêtée, elle a reculé d'un pas.

Elle a eu l'air troublé, comprenait-elle que je l'avais devinée ? Elle se méfiait des gens qu'elle ne connaissait pas. Elle se méfiait de moi. Pourquoi ferait-elle des confidences à une personne inconnue ? Et c'est tout ce que j'étais pour elle, à ce moment-là : une personne inconnue.

Dès que la pluie s'est arrêtée, elle est partie sans dire un mot.

J'ai manifesté à Velluram mon admiration parfaitement hypocrite pour sa belle dentition pendant que ma Bimala disparaissait dans la brume mouillée de l'après-pluie.

Tout ce qui me restait d'elle : un regard un peu plus appuyé et un pan de sari orange. Mais c'était déjà beaucoup. Beaucoup de mots pouvaient naître de ce sari, car, même déroulé, il garderait toujours l'empreinte du corps qu'il avait entouré, son grain de peau, sa sueur, ses pensées informulées, ses déchirures.

Mai 2004

La mousson plombe le jour. La fin du jour est noyée par cette pluie aussi attendue par les paysans qu'elle est redoutée par les citadins. Les rues charrient une étourdissante quantité d'eau. On a l'impression qu'il ne cessera jamais d'en tomber et que les eaux ne s'arrêteront jamais de chanter. Une fois commencée, la mousson a un air de permanence, au point que l'on en oublie qu'à un moment donné l'air a été sec et poussiéreux. On croit qu'il a toujours été cette substance spongieuse dans laquelle on a tant de mal à avancer. On apprend à vivre dans un monde d'eau, dans une atmosphère de déluge, dans une sensation de noyade. Les oreilles sont remplies des millions de notes martelées par la pluie, qui s'épousent pour former une mélodie pierreuse.

Subhadra nage, quant à elle, dans une détresse liquide.

Dès que Jugdish rentre du bureau, elle est saisie par l'envie de tout lui dire. Cela monte de son estomac vers sa gorge. C'est une compulsion inattendue, un élan suicidaire qui l'envahit, sitôt la porte entrebâillée sur l'ombre et la mallette maritales. Elle s'est déjà à demi levée, sa bouche s'est ouverte et les mots sont poussés par ce haut-le-cœur vers l'extrémité de ses lèvres qui commencent à les former, à les faire résonner. *Jugdish, je dois te dire quelque chose. Jugdish, je dois te dire que. Jugdish, il faut que je te dise. Jugdish, il y a quelque chose que. Jugdish. Jugdish. Jugdish.* Tout son corps s'inscrit dans cette poussée en avant, dans ce besoin urgent, irrationnel, de se défaire, de se débarrasser du poids, non un besoin d'aveu mais de libération, d'allégement, que cette pesanteur du secret soit dissipée, que ce nœud autour de sa gorge soit défait, que le trop-plein acide dans son estomac soit vomi, après, après, tout peut arriver, le soulagement ne sera pareil à aucun autre, au moins elle ne ploiera plus sous ce fardeau, elle ne ploiera plus du tout.

Mais avant qu'elle ait pu parler, et au moment même où un sursaut de lucidité ralentit l'élan et la retient au bord extrême de l'aveu comme une main plaquée sur son épaule puis sur sa bouche, c'est lui qui parle :

« Alors, tu vas y aller à Kashi, ou pas ? »

Elle s'interrompt, consternée ; une telle distance, entre leurs préoccupations. Plus que la question, c'est l'irritation mêlée d'anxiété dans les yeux de Jugdish qui achève de bâillonner Subhadra, qui scelle ses lèvres ouvertes et l'abcès prêt à crever. Pour Jugdish, ce qui importe par-dessus tout, c'est d'éviter la confrontation avec sa mère. Elle a passé la journée à rendre visite aux gens qu'elle connaît pour leur annoncer ce voyage en compagnie de sa belle-fille. Elle a tout organisé dans sa tête, tout prévu, tout décidé. Elle est la salvatrice qui entraîne sa maigre flopée sur leur chemin de piété. La moindre contrariété à ce beau plan sera la source d'infinies récriminations, d'un entêtement furieux et de longs mois de bouderie, tout ce qu'un homme comme Jugdish craint et veut à tout prix éviter.

Jugdish, c'est simple, a peur.

Subha avale la salive de sa confession ratée et se recale dans sa personne. Elle se rabroue intérieurement d'avoir presque cédé à cette tentation. Elle voit les innombrables cloisons qui protègent Jugdish de tout. Elle voit sa pâleur d'homme et détourne les yeux pour qu'il ne voie pas, lui, son mépris.

« Je t'ai déjà dit que non », répond-elle.

Il jette sa mallette sur la table et va se laver les mains avec une maigre colère à laquelle elle ne croit pas. (Et lui non plus, sans doute.) Pour une fois, elle ne se précipite pas dans la cuisine pour organiser le thé. Elle attend calmement qu'il revienne :

« Je le dirai à Mataji moi-même. »

Cela ne le rassure nullement. Son agitation est palpable dans la façon dont il se passe la main dans les cheveux. « Dans ce cas, attends-toi à une bataille rangée », dit-il avec une expression pincée, presque féminine.

Subha s'étonne de son propre calme. Ce qui a lieu en elle est autrement plus grave que les humeurs de Mataji. Les petites crises domestiques ne sont rien à côté des images qui éraflent ses yeux.

(Deux paumes rassemblées autour de son visage, puis glissées vers le bas, sur son cou, sur ses épaules, sur sa poitrine, touchant sa peau guère touchée, l'arrachant à elle-même, sans compassion aucune pour ses anciennes certitudes.)

Encouragé par ce silence qu'il prend pour une hésitation, Jugdish la regarde comme s'il s'attendait à ce qu'elle se rétracte. Tourmentée par ses images intérieures, elle disparaît dans la cuisine.

Elle a déjà préparé la pâte pour les *pakoras*. Elle fait chauffer l'huile de friture, trempe des rondelles d'aubergine et d'oignon dans la pâte et les dépose avec ses doigts dans l'huile chaude, où elles grésillent avec une véhémence mousseuse. Elle prépare le chutney de menthe au yaourt. Hachant les feuilles, elle se laisse envahir par leur fraîcheur. Elle ferme les yeux et repousse le souvenir. Ici est ailleurs. Ici est autre part. Ici, il y a la possibilité de Kashi et non d'une chambre close sur des bruits de gorge. Mais Kashi ne promet rien et n'offrira rien. Ou rien d'autre, en tout cas, que trois femmes au cœur squelettique qui la dévoreront de leur vide. Pourvu que j'aie la force de résister, pense-t-elle.

Mais cette pensée en amène une autre : non, elle n'a pas eu la force de résister.

Les *pakoras* sont dorés à point. Elle les place dans une assiette et les emporte dans la salle à manger, où Jugdish attend, avec l'air énervé d'un homme qui pense qu'il a bien droit à un peu de tranquillité en rentrant du bureau.

« Où est le chutney ? dit-il.

— Je l'ai oublié dans la cuisine. »

Lorsqu'elle retourne chercher le chutney, elle voit qu'elle a fait tomber une rondelle d'aubergine sur le sol. Elle se baisse pour la ramasser. Elle ne termine pas son mouvement. Elle est pliée, ployée, de force, par quelque chose qui pèse sur ses épaules et contre lequel elle ne peut lutter. Elle s'abandonne à cette pliure. Elle se retrouve sur ses deux genoux, liquéfiée. Elle perd l'esprit, se dit-elle. Ses pensées s'échappent par une vanne ouverte. Elle se regarde dans cette position d'adoration, de suppliante. Elle prie. Mais quoi ? La terreur l'envahit, mais si distante qu'elle n'en reconnaît pas la source. Elle a peur de quoi ? Et elle adore quoi ? Quelle divinité s'élève devant elle ?

Une divinité vulnérable et incertaine, puisqu'elle vacille aussi et semble sur le point de se dissoudre.

Dans ses yeux, il n'y avait que de la tendresse et une attente quémandeuse, supplicatrice, suppliciée. C'était Bimala qui détenait le pouvoir. Elle, l'adorante, l'adorée.

Toute sa vie, elle a été ainsi : agenouillée sans le savoir. Elle ne s'est mise debout qu'au moment où elle a franchi ce seuil. Elle n'a donc pas abandonné toute volonté. En elle, quelque chose de plus implacable s'est manifesté. L'envie de reprendre possession. De se donner sans se perdre, de se reprendre sans avoir rien laissé d'elle-même. De comprendre que ce corps que l'homme trouve si simple de prendre est une chose bien plus complexe et difficile, qui n'est pas seulement entravée à l'amour ou à la fidélité, mais surtout à l'identité.

Au bout de ce bref vertige, elle a saisi le fragment de légume et l'a jeté à la poubelle. Elle s'est remise debout avec le même mouvement délibéré, a pris le bol de chutney et l'a apporté à Jugdish. Il ne la remercie pas. Elle s'assied vis-à-vis de lui. Elle le regarde manger comme un étranger. Les *pakoras* sont croustillants, mais huileux. Bientôt, la bouche de Jugdish est aussi grasse que ses doigts. Le chutney teint de vert ses lèvres. Il aspire fortement en mangeant un piment. Il s'essuie la bouche avec une serviette en papier et avale en deux gorgées sa tasse de thé.

Tous ces gestes semblent étranges à Subhadra. Pourtant, elle les a vus chaque jour, plusieurs fois par jour, pendant trente ans. Ce sont les gestes du quotidien. Ce sont les codes de la conjugalité. On est tel qu'on est. Rien à cacher. Jugdish est entier, vrai, tel. On peut le lire alors même que la page est blanche et ne contient rien. Tandis qu'il s'ouvre de plus en plus et se défroisse, offre son intérieur vide et gentil, ses inefficaces colères, elle, au contraire, se referme. Elle s'enroule sur ses promesses, sur ses attentes, sur son intérieur riche et colérique. Elle les fait disparaître dans ce rempart de chairs douces, dans la mollesse maternelle de sa personne. Son individualité a disparu, remplacée par la représentation du vide, par l'écorce d'un arbre pourri à l'intérieur : épouse, cinquante-deux ans, mère, bientôt grand-mère, ne reste plus qu'une vieillesse à vivre. Le cheminement du couple est contraire : plus l'homme se simplifie et se débarrasse de ses épaisseurs, plus la femme se concentre, se referme sur ses nœuds, devient une inconnue pour elle-même. Il doit pourtant y avoir un moment où son mystère atteint son paroxysme. Où les circonvolutions de sa pensée deviennent inexplicables, y compris pour elle, et le sens de ses propres gestes lui échappe. Peut-être est-ce ce moment que vit Subhadra. L'instant d'après, elle aussi acceptera la défaite et se débarrassera de ses doutes. Elle offrira au monde le verso de sa personne et l'ombre portée de ses rêves, et, la surface ridée de rancœurs, s'en ira trottiner, douce et consentante, parmi les morts de Bénarès.

Alignés en attente du bûcher, ils semblent dormir d'une patience infinie : ils ont l'éternité devant eux. On les enjambe pour continuer à marcher. Saute-mouton par-dessus les cadavres. Aller à Kashi pour cela ? Mon chemin vers ce qui m'attend : mon propre bûcher. La consolation suprême : Bénarès vous défait de tous les péchés et vous libère pour l'éternité. Je ne reviendrai pas.

Mais peut-être voudrait-elle, elle, revenir ? Ne pas mourir à Kashi. Ne pas aller regarder les morts de si près qu'elle saurait exactement ce qui l'attend. Ne pas respirer leurs cendres dispersées par le vent, portées par le chant des prêtres. Cette étrange ville qui fait tellement envie parce qu'elle est baignée de l'odeur âpre mais apprivoisée de la mort. Et l'eau qui charrie les cadavres semble avoir accepté le don de leur souffrance, les débarrassant ainsi de leur fardeau de vie. Pour tous les désespérés, le seul espoir qui reste : se savoir ainsi recueillis, ainsi délestés, pouvoir s'abandonner dans la matrice de la ville et redevenir des enfants qui ne voulaient ni vivre ni naître. Et l'espoir que procure cette ville serait ainsi son désespoir parfait, abouti, éternel, au-delà duquel ne peut survenir que la paix.

C'est ce pèlerinage de tristesse qu'elle refuse de faire. Son prénom raccourci, Subha, signifie l'aube. Pourquoi la force-t-on vers son crépuscule ? Elle préfère attendre le matin, son matin, même si ce sera le dernier.

Jugdish, un peu rasséréné par son repas, a ouvert le journal et lui donne les dernières nouvelles : Sonia Gandhi est élue. Subha, qui n'a pas fait attention au déroulement des élections, ressent une surprise proche de la joie. « Sera-t-elle Premier ministre ? demande-t-elle.

— Peut-être, dit Jugdish avec une fine ironie, peut-être cette étrangère réussira-t-elle à faire ce qu'aucun Indien, y compris le Mahatma, n'a réussi à faire à ce jour : unifier les Indiens malgré eux. »

Mais Subha pense au destin de cette famille et craint pour cette femme contrainte de prendre un éléphant sur son dos. Elle sera écrasée. Ce n'est qu'une question de temps. Cette pensée est effrayante mais elle en ressent une sorte d'espoir. « Brise nos habitudes, Sonia, murmure-t-elle. Apprends-nous à nous désapprendre.

— Que dis-tu ? demande Jugdish.

— Sonia pourrait nous apprendre à ne plus être ce que nous sommes, répond Subhadra.

— C'est-à-dire ?

— À changer, enfin.

— Changer un milliard de personnes ? C'est impossible !

— Changer ne serait-ce qu'une seule personne, c'est possible.

— Un Premier ministre, déclare Jugdish avec emphase, doit avoir en vue tout un peuple. Pas une seule personne. L'individu ne compte pas. L'équation est impossible. Une étrangère ne pourra saisir toutes les nuances de castes, de religions, de langues, de classes, de couleurs. Toutes les divisions qui peuvent exister existent ici. L'unité nationale est parfaitement irréaliste. Qui peut avoir envie de diriger un pays pareil ? Pas moi, en tout cas. »

Elle pense à la silhouette blanche — blanche de nouveau, cet éternel veuvage des femmes indiennes, et même les étrangères sont happées par cette absence de couleurs, cette interdiction des teintes de la vie — qui contient tant de fragilité et tant d'attentes rassemblées. Peut-être en a-t-il été ainsi d'Indira, à ses débuts. Mais, dans sa hâte de réaliser sa vision, Indira avait broyé les âmes et les corps sans aucune pitié en disant que c'était nécessaire, *for the greater good*. Au bout de tout cela n'était resté qu'un individu. Toute sa fragilité lui était revenue au moment de sa mort, donnée par ses propres gardes. Cela avait été facile, pour eux. Ce corps n'était qu'une enveloppe friable, vite abandonnée, presque aussi molle que le sari de coton qui avait paru rempli de vide à son dernier instant. Dans la mort, elle était redevenue féminine à l'extrême. Le palimpseste de la dictature s'était effacé, toute cette écriture de dureté qui s'était imposée à elle, sur elle, dans son élan, dans sa lancée, avait disparu sous la violence qui lui était faite. Donnée, livrée, abandonnée, avec ses cheveux reconnaissables et son visage hiératique qui pouvait paraître si cruel, Indira, une fois offerte en sacrifice, était redevenue la jeune femme transparente à laquelle son père écrivait de longues lettres de la prison, noyau de ses espoirs.

Puis il y a eu Rajiv, qu'un corps de femme avait dispersé en miettes en explosant, un autre mois de mai. Ce jour-là, il saluerait avec le sourire, les deux mains jointes, une femme bardée d'explosifs qui se déchiquetterait avec lui comme dans une grotesque scène d'amour. Les morceaux de Rajiv n'avaient pas tous été retrouvés. Tous devaient manquer au corps de Sonia. C'est peut-être là que commence son destin de femme politique. Un héritage de violence, un océan furieux qui vient se briser contre cette dynastie qui, depuis des décennies, représente malgré tout, malgré elle, peut-être, quelque chose de la grandeur du pays, et de sa déchéance. Subhadra ressent, par empathie plutôt qu'autre chose, tout l'espoir que l'on peut être amené à placer en une seule personne. Il est si facile d'élever les hommes en mythe. C'est la seule condition pour les suivre et croire en eux. Il faut qu'ils soient capables de miracles. Cela exonère l'individu de la responsabilité du changement. Mais, une fois là, ils doivent survivre à leur mythe, à l'attente éperdue, abrutie de confiance, des autres. Dès qu'ils sont placés sur le socle qui les attend, les pieds bien au chaud dans le ciment, l'étau des croyances commence à se resserrer autour d'eux. Ils regardent leurs mains maladroites et se demandent : comment fait-on des miracles ? Quel est ce secret des prophètes qui leur permet de venir à bout du cynisme des hommes ? Peut-être lisent-ils la vie de saints pour tenter de le découvrir. Puis ils lèvent les yeux sur cette immensité qui se dresse devant eux dans toute son horreur, qui ouvre sa gueule et ses béances, et aucune fulgurance ne leur sort des mains. Comme les autres, ils échouent : ils ne sont que des hommes.

Une femme, pas un mythe. Fera-t-elle ce pas au-delà de la barrière qui la sépare de l'impossible sacrifice ? Un don de soi tellement immense qu'il en devient ridicule ? Un suicide avant l'heure, au vu et au su du monde ?

Elles sont entourées de ces lignes de faiblesse et de rupture qui les mettent, à chaque pas en avant, face à leurs choix. Chaque choix leur présente un autre visage d'elles-mêmes. Parfois, l'étrangeté de ce visage leur fait détourner le regard. D'autres fois, elles perçoivent, surprises, quelque chose de plus fort qu'elles. Aucun de ces visages n'est anodin.

Plus tard, seule dans sa chambre, elle repense au sitar qui a été le point de départ. De tous les instruments exposés dans la vitrine, le plus magnifique, en bois de teck brun doré, aux veines légèrement plus foncées comme une dentelle de vieux vin. Un motif de roses était sculpté sur les deux caisses de résonance. Ce sitar, comme le sari, parlait d'une perfection épurée, capturée dans ces formes désormais immuables ; mais d'une certaine façon morte, puisque figée.

La tentation de tenir cet instrument avait été trop forte. C'était cela. C'était tout. Il n'y avait pas d'autre raison. L'autre n'était qu'une présence floue jusqu'à ce qu'elle franchisse la ligne de démarcation.

Elle avait regardé cet instrument pendant des semaines. Elle n'avait pas osé franchir le seuil de la boutique. De jour en jour, la vision se précisait. Les tressaillements d'or de la lumière glissant sur le bois, l'arrondi de l'hémisphère bas en appui sur ses jambes, le long fût tenu par sa main gauche, sa main droite effleurant les cordes si nues que l'on aurait dit le souffle d'un nouveau-né. Osant une note, puis deux. Saurait-elle ? Retrouverait-elle la concentration heureuse qu'elle avait, enfant, inconsciente du regard des autres sauf de celui, lointain et grave, du vieil homme ? Mais elle ne pouvait plus se voir qu'avec le regard des autres, et pas le sien propre : le temps avait fait son œuvre.

Et ensuite, on lui a offert la possibilité de toucher l'instrument, de l'effleurer, de le tenir, comme si on pouvait tout lire d'elle sans qu'elle ait à prononcer un mot.

Le moment venu, elle a suivi la main tendue vers elle.

Elle écoute la pluie qui continue de tambouriner contre la vitre, mais d'une tonalité plus mate, cette fois, moins rageuse. Une pluie de sommeil qui apaise les consciences emmurées. Elle écoute la pluie. Et croit s'endormir.

Elle ne dort pas. Elle revit.

Avril 2004

Il arrive que les ténèbres de l'écriture nous rattrapent.

Ne me demandez pas comment ni pourquoi. Je le sais, voilà tout. Je sais que les mots que nous écrivons se hasardent parfois à franchir la barrière entre imaginaire et réalité et nous éclatent alors à la figure. Je sais que, à force de plonger le visage dans la boue, on finit par en ressortir maculé. Mais, sortant la langue pour la lécher, on prend goût à sa noirceur sanglante. Le pas, alors, est fait. On va volontairement vers ce qui nous inspire et nous fascine, vers ce qui nous happe et nous mutile. Et un jour, la réalité nous dit : vous êtes allés trop loin.

Peut-on aller trop loin ? Tous peuvent un jour voir se déchirer la membrane qui sépare l'homme et l'écrivain. La rage des mots et des images, leur horreur et leur beauté finissent par les envahir si fortement qu'ils poussent un cri d'homme, oubliant qu'ils ont usage de tout traduire par le biais de l'esprit. Levant les yeux et voyant l'objet de leur haine ou de leur passion, ils oublient que tout à l'heure ils étaient dans un livre : ils ne savent plus faire la différence. Ils ont si peu jugé les monstres nés de leur imagination qu'ils ne peuvent plus juger celui qu'ils sont devenus.

Nous ne nous méfions jamais assez de nous-mêmes. Nous nous croyons à l'abri, tandis que nous suivons nos chemins de perversité aussi loin que nous le souhaitons. Il n'en est rien. D'ailleurs, je ne sais pas pourquoi ce sont ces chemins-là que nous suivons. La raison ostensible est que nous explorons les détours obscurs et inavouables de l'âme humaine, que nous mettons à nu sa faiblesse et sa violence pour mettre l'homme en garde contre lui-même. Mais est-ce bien cela ? Sous cette rationalité pleine de bons sentiments, n'y a-t-il pas une envie cachée de toucher à ces escarres, à ces plaies ouvertes, d'aller à la recherche de nos propres ténèbres ? Pourquoi ne pas avouer notre fascination pour toute cette noirceur, notre pacte faustien avec quelque chose de plus fort que nous et qui nous conduit à entrer dans la peau des monstres ? Ce serait là le moyen le plus commode et le plus sûr de laisser libre cours à nos pulsions tout en nous donnant le beau rôle de messager de l'ombre. C'est ainsi que j'aurais passé tant de temps à décrire des amours dénaturées, à oser toute sorte de transgressions, à regarder des filles de quinze ans avec les yeux troubles d'un adulte à l'innocence peut-être mensongère, à faire naître des enfants dans des poubelles et à faire mourir des adolescentes dans des poubelles, à me mettre dans la peau d'une prostituée avide des expériences de la chair, à vouloir à tout prix tenter — c'est le cas de le dire — le diable ?

Est-ce cela, la source de mon inspiration ? Ma propre attirance envers (ce qui me vient est un cliché de la culture de notre époque) le côté obscur ? Ce serait là une chose assez drôle. Peut-être n'est-ce pas tout à fait vrai. Car si cela l'était, nos petites dames anglaises inventant les pires crimes seraient bonnes pour l'échafaud. Mais l'équivoque demeure : sommes-nous ce que nos livres disent de nous ou ce que nous disons de nos livres ? Notre exégèse est-elle strictement sincère ?

En fin de compte, j'ai eu envie, pour une fois, de franchir la barrière ; de vivre la vie de mes personnages en allant jusqu'au bout de moi-même. De traverser, moi qui ne me mets jamais en scène, le miroir de la fiction. En Bimala, j'ai trouvé ma réponse. Elle est à la fois une femme et un personnage, une image et une réalité. Je la regarde vivre comme j'ai regardé et suivi tous mes personnages, ne sachant plus très bien si ce que je vis est vrai ou si je suis dans la dimension parallèle de la fiction. Mais je sais que, bientôt, bientôt, je franchirai l'impossible frontière : je m'évaderai de la page pour la saisir, et jamais contact ne sera plus brutal et plus brûlant, jamais la vraie vie ne m'offrira une telle profusion, ce qui m'arrivera en la saisissant sera si définitif qu'il n'y aura pas de retour possible : j'aurai conquis la mort.

Je ne peux cesser d'y penser. Nuit jour, corps rageur, esprit ravageur, chair vengeresse. Je ne parviens plus à m'en débarrasser. Je ne me reconnais pas, dans la chaleur animale de l'avant-mousson. Mon lit devient une forteresse à conquérir. Avant de m'y mettre, je me dis que je ne dois pas me laisser envahir par cette frénésie d'attente non consumée qui suinte de ma peau en une sorte d'huile miraculeuse — celle qui oint les statues des divinités partout où les hommes veulent croire aux miracles —, celle qui me liquéfie avant de raidir mon corps en un arc parfait de désir endolori, je me dis que je dois dormir, je dois m'accrocher à la réalité de la nuit et de la vie, je dois trouver la force de me libérer de Bimala, mais, dès que je m'allonge, les mots me reprennent, des mots qui me font trembler et gémir, des mots qui deviennent des images, des images qui deviennent des formes, des formes qui s'allongent sur moi et m'enveloppent, et je ne peux plus lutter. Je rends les armes, ayant compris que certains combats sont perdus d'avance.

Je me hasarde dans l'inconnu de Bimala, dans ses paysages de pierre uniquement fleuris d'espoirs. Plus j'avance, plus je me désoriente.

Je veux l'entraîner avec moi. Je sais qu'elle n'a pas vécu. Je veux lui donner ce cadeau avant qu'il ne soit trop tard, pour elle, pour moi. Ce sera mon cadeau à ce pays qui m'accueille sans m'accueillir et qui me sauve malgré lui. J'y viens chercher un spasme de vie, et c'est elle, Bimala. Je lis l'encre qui coule à l'intérieur des corps et qui est l'écriture intuitive et étrange de leur vie. Celle qui raconterait leur véritable histoire, et non celle que la société réinscrit au burin sur leur peau.

Je passe en boucle la cassette du film de Bimala. Puis je regarde tous les autres films de Ray. Depuis le tout premier, qui m'accueille de sa flûte de fin du monde sur le visage sombre, sur les yeux nocturnes d'Apu et de sa sœur, imbus d'une obscure divinité. Monde mystérieux cueilli dans l'œil d'un enfant où chaque feuille, chaque grain de terre a sa place. La vie, la mort, le passage entre les deux, une caméra diseuse de vérité, une fois n'est pas coutume. Je passe aux autres films, souvent inégaux, parfois douloureusement magnifiques. Dans tous, il y a l'image ou la parole qui choque. L'enfant qui pose cette question à son grand-père rigoureusement honnête qui va mourir, lui ouvrant les yeux à son tout dernier instant sur la véritable nature de sa famille : est-ce qu'il y a de l'argent propre et de l'argent sale ? La petite épouse adolescente, Devi minuscule et fragile, qui devient déesse malgré elle, obligée d'accomplir des miracles dont elle ne possède pas le secret. Dernière image d'*Ashani Sanket*, l'orage distant, où une poignée de gens devient une foule, devient une vague, devient toute une population en dérive : l'Inde, éternelle affamée de ses innombrables faims.

Puis je reviens à Bimala, visage rayé de l'ombre du gynécée, baiser-brassement des tissus et des chairs, yeux plus profonds que les tombeaux dans lesquels on enferme les fous et les criminels, corps trop rêvé, trop dissimulé, et je sais, je sais par quels gouffres elle est passée pour atteindre cette apparente sérénité. Au-dessous, il y a une méduse assoupie. Pour la réveiller, je dois la ramener au centre noir de son corps. Et c'est peut-être cela qui nous apporte une quelconque rédemption, à nous qui pouvons nous substituer aux autres : l'imagination nous offre cette métempsycose, ce don unique d'être ce que nous ne sommes pas.

Je dois donc la fouiller à la recherche de ce qui, au fond d'elle, n'a jamais été touché et extraire d'elle ce cri que personne d'autre n'entend. Sinon, je n'aurai servi à rien.

J'écoute la pluie qui dévaste les trottoirs et les toits. Tout est excessif, rien n'est retenu, pas d'entre-deux, sécheresse ou inondation, le paradis ou l'enfer, à vous de choisir. Dehors, j'entends des bruits, de fuite, de perte, d'une gloutonnerie sans bornes. Le monde semble glisser dans cette pluie pour se perdre dans je ne sais quel gouffre.

Mais est-ce bien surprenant ? Ne suis-je pas, ici, en dehors du monde ?

Enfin, après plusieurs jours, je l'ai revue devant le magasin de sitars. Je me dirige vers elle, légèrement, la saluant comme une vieille connaissance. Elle ne semble pas surprise de me voir. Elle me fait un signe de tête plutôt distant. Je me mets à côté d'elle. On attend que l'autre parle. Personne ne nous regarde. Entre les passants et nous, il y a un rideau de pluie qui nous isole bien.

« Vous savez en jouer ? » ai-je demandé.

Ce n'est apparemment pas une question aussi banale que je le pense. Elle s'agite, regarde ailleurs, replace le pan de son sari sur ses épaules, ouvre la bouche, puis la referme. Je ne comprends pas pourquoi c'est aussi difficile. Finalement, elle dit, d'une voix étranglée et oscillante :

« Un peu, dans mon enfance. Mais j'ai tout oublié. Je pense que j'ai oublié. »

I think I have forgotten.

Une telle incertitude en elle.

« Je pense que vos mains sont faites pour en jouer », dis-je doucement.

Elle a secoué la tête en dénégation, les cachant aussitôt dans les plis de son sari comme un enfant que l'on soupçonne d'avoir les ongles sales. J'ai à peine entendu sa voix. Cela aurait pu être un frémissement de l'air. C'est une femme faite de silence. Mais chacun de ses silences a une voix. Nous avons continué à regarder les sitars. Ou plutôt, elle a continué à regarder les sitars. Moi, j'ai regardé son reflet. Elle est bleue à cause du velours de la vitrine. Le sari violet va bien à cette femme bleue et inaudible dans la vitre. Elle ne se rend compte de rien. Elle dit : « Celui-ci est très beau. » Je hoche la tête. Puis, comme elle ne me regarde toujours pas, je dis « oui ». Après, je ne sais plus comment continuer. Elle est immobile. Les yeux baissés. La bouche fermée. Les mains réunies. Aucun geste. Pas de signe, pas de signal. Elle attend. Ou peut-être n'attend-elle rien du tout. Elle est immobile dans l'instant, dans le temps, et rien ne se passe. Sauf mes yeux, qui saisissent à la dérobée tout ce qui peut être saisi. Et mes sens en déroute.

Et maintenant, que faisons-nous ? Je sais que le moment est venu de franchir la barrière, même si je ne sais pas vraiment comment faire. Je la sens si loin de moi dans sa contemplation du sitar que j'en éprouve une sorte d'irritation. N'a-t-elle pas compris qu'elle n'est pas là pour ça ? Mais évidemment, elle ne peut pas le savoir. Elle est prise dans sa propre logique. Je suis au-delà de la logique.

Je prends ma respiration et je tends la main, lentement, sans la regarder. J'ai craint de ne pas y arriver, de la voir disparaître, happée par une réalité qui ne tolère pas de telles incartades. Mais il n'en est rien. Je la touche. Elle est de chair, comme moi. Je ne me trompe pas. Le pas est fait.

Conscience d'une sorte de miracle ou redécouverte des jeux de la séduction, cet effleurement a provoqué en moi une explosion telle que j'ai cru qu'elle allait ressentir mon tremblement. Paume contre paume, la sienne sèche, la mienne moite, douceur égale, mollesse, paumes d'enfants se découvrant, glissant légères l'une contre l'autre comme de petits animaux, bien emboîtées, compatibles, complices. J'écoute le vertige dans ma tête avec une sorte de rire heureux et bête.

Je ne m'imaginais pas que ce simple geste pouvait contenir tant de possibilités et d'impossibilités. Plus je la touche, et plus je la sens. Son clair parfum de peau, l'ombre acidulée de sa bouche, la douceur d'une chair infinie.

Elle est restée figée par la surprise, les yeux regardant droit devant elle. Elle ne sait comment interpréter mon geste. Elle ne le comprend pas. Elle ne me comprend pas. Elle est déroutée, incapable de réagir à une situation tout à fait inédite, mêlant dans son esprit divers scénarios dont aucun ne lui semble convenir.

Enfin, elle se tourne vers moi et me regarde. Ses yeux traduisent toute sa méfiance ; tout ce qui me constitue lui est inconnu et étranger. Mais ses yeux me disent aussi que le contact de nos mains lui est agréable. Elle y décèle une amitié inattendue, improbable, qui la perturbe et la trouble. Ses yeux me disent qu'elle n'a pas envie de rompre ce contact. Peut-être pense-t-elle que ce qu'elle voit dans mon regard à moi, elle ne l'a jamais vu dans un autre regard : elle. Peut-être un scénario impossible finit-il par s'imposer à elle. Impossible, mais nos mains sont là, très justement emboîtées, parfaitement à l'aise l'une avec l'autre.

Au bout d'un temps qui nous semble très long, elle finit par détacher sa main en la laissant glisser contre la mienne. Elle a une sorte de soupir. Elle dit : je dois partir, et part sans attendre, sans se retourner.

Je rentre sous la pluie. Je l'ai peut-être perdue dans ma hâte, dans mon ignorance. Je ne sais rien d'elle. Je me dis que la déchiffrer n'est pas à ma portée.

La lenteur, la lenteur, n'en as-tu pas assez fait l'éloge depuis que tu es ici ?

Ma logeuse est à son balcon, telle une Juliette vieillissante guettant un Roméo qui ne viendra pas. Son œil ne me rate pas, tandis que je tente de me faufiler sous le couvert des hibiscus. Elle me demande si je veux du thé. Je dis que non, je voudrais me reposer. Elle ricane, comme si elle savait exactement ce que je venais de vivre.

« Faites attention, là où vous allez. Ça peut être dangereux.

— Pour qui ?

— Ici, tout se sait…, répond-elle. Vous suivez quelqu'un dans la rue, vous croyez que personne ne vous voit. Elle ne vous voit pas, elle, sans doute. Mais ceux qui vous entourent ne sont pas aveugles. Les marchands, les passants, les mendiants. Tous savent regarder. Tous savent voir. Ils sont des centaines à avoir les yeux braqués sur vous. »

J'ai l'impression qu'il y a une menace cachée dans ses mots. J'essaye de me raisonner. Que peuvent-ils me faire ? Rien, rien du tout. Mais je n'ai pu m'empêcher d'avoir peur de ses yeux trop perçants.

Elle rit encore, se cachant la bouche derrière le pan de son sari.

« Je me demande bien ce que vous lui voulez, dit-elle. Ce n'est tout de même pas normal, vous ne trouvez pas ? Qu'est-ce que vous venez chercher ici ? Nous ne sommes pas des animaux de laboratoire ! »

Je rentre chez moi, encore plus triste. J'ai pensé à cette phrase d'Aragon : il n'y a pas d'amour heureux. Elle ne me semble plus si banale. J'ai encore regardé le visage de Bimala sur la cassette, arrêt sur image, la dessinant, la devinant, tentant de m'immiscer dans l'obstination de ses yeux.

Je l'ai tellement regardée que, quand j'ai éteint la lumière, j'ai eu l'impression que des dizaines de Bimala s'étaient incrustées sur le mur autour de moi.

Mi-peintures, mi-sculptures, elles bougent lentement, et, tout aussi lentement, se dépouillent de leurs vêtements. L'un après l'autre, les saris se posent à terre comme des oiseaux fatigués. Ils finissent par former une couche luisante sur laquelle je m'allonge. Je regarde vers le haut toutes ces croupes qui ondulent au-dessus de moi. Je glisse mon regard dans leurs anfractuosités et sur leurs aspérités, dans leur ombre humide et rougeâtre et sur leurs hémisphères mobiles. Je soupire. On ne peut se rapprocher davantage du paradis.

Au Xe siècle, en Inde, il y avait un moine bouddhiste appelé Ananda, qui appartenait à un ordre pratiquant une ascèse extrême. Pendant une de ces périodes d'austérité, après de longs jours de jeûne, il avait aperçu par une fenêtre du monastère une très belle femme d'un village voisin, dont il était tombé amoureux avec la finalité de celui auquel l'amour est interdit. Le visage et l'image de cette femme s'étaient si profondément inscrits en lui qu'il s'était mis à la peindre et à la sculpter sans arrêt, oubliant de prier, oubliant tous les rituels et les devoirs et provoquant la colère des supérieurs de son ordre. Malgré les punitions infligées, il avait persisté à la dessiner et à la représenter sous toutes les formes, plus suggestives les unes que les autres. Comme il perturbait les autres moines par ses visions, on l'avait emmuré dans une caverne sous les montagnes voisines pour l'y laisser mourir. Au fil des années, on l'y avait oublié.

Neuf siècles plus tard, un soldat anglais avait découvert la caverne par accident. Ôtant les pierres qui en bouchaient l'entrée, il avait vu, sur tous les murs, au plafond et au sol, dans les recoins les plus inaccessibles, sur les aspérités et dans les anfractuosités, dans l'ombre rougeâtre et sur les hémisphères mobiles, des formes érotiques sculptées à même la pierre, toutes représentant la même femme. Parfois seule, parfois avec le moine, unis dans des postures impossibles. Le moine avait reproduit dans le noir les corps imaginés, innombrables, de la femme interdite. Il l'avait rêvée, caressée, accouchée de la pierre. Lorsque ses outils de fortune s'étaient brisés, il avait continué à la sculpter avec ses ongles et ses doigts et ses dents et son corps, il s'y était frotté jusqu'à l'usure, jusqu'à ce qu'il y laisse ses fragments et ses os, jusqu'à ce qu'il ne reste plus rien de son corps qui ne soit tout entier incrusté dans ses sculptures. Il avait réussi à la posséder, même si c'était dans un univers de pierre. Il avait franchi l'espace qui le séparait du rêve. Il avait recréé la réalité selon ses désirs. Il avait réalisé ce miracle dont rêvent tous les artistes ; mais il fallait, pour cela, être enterré vivant.

À la lumière, les colorations minérales de la pierre transformaient les sculptures en fresques peintes : une splendeur dansante, colorée, joyeuse, jouissive : tel était le tombeau d'Ananda.

Dans ma solitude, je deviens lui : j'imagine ma chambre devenue une cave m'enfermant à jamais. Sur les murs de ma mémoire, je me mets à peindre Bimala dans toute sa superbe nudité, et aussi tous les autres, délivrés de leur bâillon, de leur silence, de leur solitude. Une folle unie à son île, une femme plongeant sa lame dans le cœur de l'homme qu'elle a promis de tuer par amour, deux enfants de dix-sept ans riant sous la pluie, une jeune femme pénétrée par un anaconda, tous se sont débarrassés des oripeaux de leur folie, tous retrouvent une joie organique qui leur était interdite. Du bout de cette arabesque dansante se profile celui que j'attendais : l'ange noir qui enlace à présent Bimala et qui en même temps me tend les bras. Notre danse à trois est d'un insupportable érotisme. Je suis un moine aveugle de tout ce noir, mais dont l'esprit est habité par une explosion de couleurs et de beauté. Je me nourris de la gaieté du monde. J'en meurs.

Mai 2004

Avant qu'elle ne prenne la fuite, se dérobant sans brusquerie mais avec un éloignement qui aurait dû être définitif à ce contact qui l'avait mise en déroute, elle avait saisi quelque chose qui lui avait paru tout à fait incongru : elle faisait l'objet d'une concentration totale et absorbée, à l'exclusion de toute autre chose. Ce geste n'était pas un accident. Même si elle n'avait encore jamais connu cela, elle l'avait reconnu : ce glissement des yeux sur ses traits comme une bouche qui se referme sur un fruit. Ce soir-là, elle avait senti ce regard comme une trace engluée à sa joue, faite de brûlure et de sang.

Le trouble était d'autant plus grand qu'elle ne comprenait pas son intention mais la devinait très clairement. Le plus grand trouble venait du fait que quelque chose en elle semblait y répondre.

En rentrant à la maison ce jour-là, elle avait aperçu Bijli, qui marchait en jaune vif devant elle. Bijli souriait et chantonnait. Bijli s'était affublée d'un grand nombre de bijoux d'écaille et de fausses pierres, et scintillait au soleil. Subha, elle, se sentait si lourde d'elle-même qu'elle arrivait à peine à mettre un pied devant l'autre. Si lourde de cette terre, de ses traditions, de ses croyances, de ses doutes. Fallait-il être une intouchable, nettoyeuse de latrines, pour se sentir légère ? Sans savoir ce qu'elle faisait, elle avait emboîté le pas à Bijli.

Elle se dirigeait vers un centre commercial qui venait d'être ouvert dans un quartier chic. Elle s'enfonçait dans un univers de voitures de luxe, de magasins branchés, de blocs d'appartements cossus. Elle détonnait de plus en plus dans cet environnement, mais cela ne la troublait pas. Elle avait du soleil dans les yeux. À l'entrée du centre commercial, un garde de sécurité l'avait arrêtée. En s'approchant, Subha avait entendu le garde lui demander si elle avait une carte de crédit.

« Une carte de crédit ? avait répondu Bijli. J'en ai bien une, mais elle est enfoncée si loin qu'il te faudra fouiller très profondément pour la retrouver, petit ! Je ne sais pas si tu as jamais connu un puits pareil ! Ça te tente d'essayer ? »

Le jeune homme, rendu muet et rouge de honte, s'était écarté pour la laisser passer. Subha l'avait suivie sans que le garde lui demande quoi que ce soit. À l'intérieur, Bijli s'était arrêtée et, levant le visage, avait contemplé les mille lumières qui, en plein jour, faisaient rutiler les surfaces de verre, de chrome, de marbre et de futilité. L'air conditionné l'avait fait frissonner, mais elle avait dégagé son épaule pour mieux sentir ce froid sur sa peau. Son visage s'était éclairé d'une jubilation. Subha était une ombre dans son sillage.

Pendant plus d'une heure, elle s'était promenée dans les boutiques, caressant les produits, s'exclamant en voyant les prix qui dépassaient son salaire d'une vie, riant en soulevant entre deux doigts un string rouge délicieusement impalpable et en demandant à haute voix s'il était fait de fil d'or pour valoir un tel prix, exigeant avec la plus grande délectation les offres gratuites dont les vendeurs étaient obligés, bien malgré eux, de la faire profiter. Ainsi avait-elle bénéficié d'un soin pour la peau, goûté à des chocolats belges et à du vin français et même joué à une partie sur une console de jeux vidéo en s'amusant comme une folle.

Elle avait franchi d'un bond l'abîme qui la séparait de l'Inde moderne des nantis, et c'étaient eux qui semblaient déplacés. Elle était là de toute éternité. Rien n'en viendrait à bout.

Ensuite, elle était rentrée tranquillement à l'appartement, si gaie et si joyeuse que les hommes l'interpellaient avec des promesses d'extase et éclataient de rire à ses reparties salaces.

En rentrant chez elle, Subha avait ressenti quelque chose de cet étourdissement. Elle aussi avait été remarquée. Sur elle aussi s'étaient posés, comme une neige impossible, des flocons de quelque chose dont elle ne connaissait pas le nom mais qui semblait s'incarner en Bijli : le plaisir.

Mais, plus tard, elle s'était regardée dans le miroir. Elle avait tenté de se voir avec les yeux de quelqu'un d'autre. En elle, rien n'avait changé. Toujours la même Subhadra, dont le visage s'était alourdi de ses nuits blanches. Toujours la même Subhadra, prisonnière de sa route lente à la limite des choses, à l'abri des regards. Mais elle ne pouvait s'accrocher à quelque repère que ce soit. Rien ne l'avait préparée à ce qui lui arrivait. Elle n'avait aucun cadre de référence pour le comprendre. Elle s'était houspillée, traitée de tous les noms, mais n'était pas parvenue à nier la sensation inconnue et triomphale de cette main tenant la sienne.

Pendant plusieurs jours, elle s'était abstenue d'aller au magasin de sitars. Mais elle n'avait cessé de penser à ce contact, à cette caresse presque invisible sur sa peau, qui parfois lui semblait tellement impossible qu'elle se persuadait de l'avoir imaginée, et d'autres fois s'intensifiait jusqu'à rendre visible l'empreinte de ses doigts.

Une nuit, le centre de la brûlure est passé de sa main à tout son corps. Il est monté jusqu'à sa tête, la laissant étourdie et abrutie. Elle s'est réveillée en sursaut, comme après un cauchemar. Entre ses jambes, elle a éprouvé une sensation de mouillé. Elle est allée aux toilettes. Elle s'est touchée et le bout de ses doigts a découvert qu'elle était enflée, huileuse. Elle s'est crue malade ; en réalité, elle venait de rencontrer le désir. Le sien. Pas celui d'un autre. Le sien propre, qu'elle n'a pas reconnu puisque c'était la première fois qu'il se manifestait. Il n'avait pas eu de rôle dans sa vie, jusqu'ici. Elle ne l'avait pas invoqué. Il était resté caché, latent, immanent, le génie malin libéré lorsque la lampe était caressée. S'était-elle aventurée si loin dans ses propres souterrains ? Ce nouveau dialogue silencieux avec son corps l'a fascinée. Ses nuits se sont remplies de ce chant particulier, de cette torpeur étroite qu'elle a dû s'évertuer à taire et à dissimuler.

Mais, une fois apparu, il a refusé de partir. Elle a continué à se sentir malade, tumultueuse, molle, poreuse. Elle a tenté de l'ignorer, mais, plusieurs nuits de suite, il l'a réveillée pour se rappeler à elle. Il s'embusquait aux endroits les plus étranges, les plus inattendus. Elle a découvert un corps de plus en plus exigeant. Elle a frémi de cette découverte. Elle ne savait quoi en faire. Elle se réfugiait dans les toilettes et écoutait le souvenir glissant de ses mains. Le souvenir de quoi, d'ailleurs ? De ce qui n'avait pas encore eu lieu ? Elle était malade, elle était glauque, elle était rayonnante.

Elle ne le comprendrait pas tant qu'elle n'aurait franchi le seuil.

Elle se réveille avant qu'il fasse tout à fait jour. Elle sort de la chambre en essayant de ne pas déranger Jugdish. La fraîcheur de la nuit résiste encore un peu, en attendant d'être broyée par le premier soleil. Elle ouvre la porte du balcon et s'arrête en entendant chanter une voix grave :

Je ne sais pas dans quel état j'étais hier soir... Là où les blessés dansaient dans leur extase, c'est là que je me trouvais, hier soir.

Elle reconnaît la voix rauque de la chanteuse pakistanaise Abida Parveen et sort sur le balcon.

Kamal s'y trouve, écoutant un CD. Il ne semble pas la voir, ne dit rien lorsqu'elle s'assied non loin. Ils écoutent, dans le bleu opaque de la nuit. Les chants soufis entrent en eux, avec leur souffrance et leur lune, leur amour désespéré et extatique. Subha comprend leur résonance : je ne sais pas dans quel état j'étais. Elle pense que Kamal la comprend aussi.

J'ai passé une nuit dans ce monde illusoire. L'aube venue, mon pied se lève. Il est temps que je parte, peu importe ce qui m'attend.

Celui qui prêche ne sait pas où va ma foi… Sans doute n'a-t-il pas compris le trouble de tes mèches noires, tendues sur ton visage.

Subhadra écoute son propre trouble, étonnée de l'entendre exprimer aussi clairement. Kamal se cache le visage dans ses mains. Elle croit entendre une plainte, mais elle ne sait pas si cela vient d'elle ou de lui. En cet instant précis, en suspens sur ce balcon où se réfugient les objets dont on n'a plus besoin, elle se sent hors du monde, ou tout au moins de celui qu'elle connaît. Personne n'a besoin d'elle. Mais elle n'a besoin de personne non plus. Est-ce là cette liberté dont parlent les poètes soufis ? Avoir aimé, avoir compris ce don, puis s'en délester, passer outre en se disant, je n'ai besoin ni de distance ni de peur, ni d'espoir ni de prière ? Elle est un objet au rebut. C'est ce que la vie lui a apporté, ce à quoi la vie la destine. Avant d'accepter sa mise à mort, elle a décidé de vivre.

Non, elle n'a pas décidé. Cela a été décidé pour elle, par les circonstances, par le destin, et par quelque chose d'enfoui qui a dirigé ses pas. Mais cette chose enfouie ne fait-elle pas aussi partie d'elle ?

La nuit, les bleus, la chanson et sa tristesse ont ouvert entre elle et Kamal un passage fragile. Elle tend la main, hésite, lui caresse la nuque. Nuque drue, tendue d'angoisse, mais douce aussi, parce que celle de son fils. Je suis là, pense-t-elle. Je suis là. Mais l'est-elle vraiment ? Un jour, parce qu'elle avait intégré la chambre des femmes, son père ne l'a plus embrassée. De même, elle aussi un jour a cessé d'embrasser son fils. Plus aucune expression de tendresse physique. Comme si cette manifestation du désir maternel elle-même était interdite, parce que modifiée, parce que indéfinissable. Kamal a ainsi, à partir d'un certain moment, intégré la chambre des hommes. Il s'est mis à lui parler avec une supériorité d'homme, à discuter ses avis, à ignorer ses opinions et même à les mépriser. Ainsi en va-t-il des enfants lorsqu'ils grandissent, s'est-elle dit. Mais il aurait pu en être autrement.

« Tu veux me dire ce qui ne va pas ? » demande-t-elle, les yeux remplis du bruissement de la ville, à l'aube.

Il s'essuie le visage et regarde ailleurs, tenté d'esquiver la question. Puis il décide de répondre :

« Cette fille dont je t'ai parlé hier...

— La musulmane ?

— Oui... Zohra. Je l'aime. Nous voudrions... nous avons décidé de nous marier. »

Il attend. Elle aussi. Les secondes passent, elle ne dit rien. Les mots s'étirent entre eux, perdant quasiment leur sens, sans qu'elle parvienne à réagir. Des mots, ce ne sont que des mots. Ceux dont on sait qu'un jour ou l'autre l'enfant adulte les prononcera. Mais lorsque cela arrive, mille objections simultanées se manifestent. Il y a quelques jours, elle aurait su quoi dire. Elle ne se serait pas posé de questions. Elle en aurait fait un drame. Elle en aurait référé à Jugdish, déféré à son autorité. C'est l'attitude qui serait attendue d'elle. Tout faire pour décourager son fils de sortir des sentiers battus. Mais cette réaction lui est désormais impossible. Elle tente de prononcer des mots de protestation ou d'avis contraire, pour la forme, mais seul le silence s'échappe de sa bouche ouverte. Elle ne peut pas revenir en arrière, être celle qu'elle a été, acceptant sans questionnement le comportement attendu d'elle. Elle veut l'écouter, l'entendre, lui. Comprendre cet homme qu'est devenu son fils, avec ses doutes, ses peines et sa singularité.

Kamal la regarde, surpris. Lui aussi s'attend à une réaction de sa part. Peut-être même le souhaite-t-il ?

« Tu ne dis rien ? demande-t-il. Tu es bouleversée ?

— Non…, dit-elle. Je ne suis pas bouleversée. J'essaye de comprendre. Et…

— Et ?

— Et vous devez faire selon vos désirs. »

Mieux que d'être et de devenir, murmure Abida Parveen, *cède plutôt à la folie.*

Kamal continue de fixer Subha. Elle sent que ce mot « désir » a dû lui sembler déplacé, malvenu, dans sa bouche.

Sois le verre ou le calice, mais, mieux encore, sois le vin ou la taverne. Mieux que le vin ou la taverne, sois l'histoire de ton ivresse.

Est-ce là ce qu'elle lui dit de faire ? Céder à la folie, à l'ivresse, à l'instant présent, comme le disait Omar Khayyam, ou se brûler à l'amour comme le conseillaient les poètes soufis Niaz ou Zaheen Shah Taaji — de la bien-aimée ou de Dieu, qu'importe, du moment que l'on accepte de brûler pour l'autre ?

Il n'y a plus de place pour les mots — *nul n'est besoin d'une autre quête.*

C'est la voie solitaire qu'elle conseille à son fils. Celle qui se défie des certitudes, des règles, des codes trop rigides. La peur lui serre le ventre. Il n'est pas anodin, en ce pays, en cette heure, d'aimer une musulmane. Elle entrevoit les ombres de discorde qui se rassemblent déjà contre lui. Mais elle ne peut envisager de lui dire autre chose. Elle ne peut lui dire de rejeter l'autre sans raison.

« Je suppose que tu préférerais qu'on quitte l'Inde ? demande Kamal.

— Non, bien sûr ! Comment peux-tu croire cela ? Non, Kamal, je veux que tu restes.

— Toutes nos attaches sont ici. Si nous partons, ce sera une fuite. C'est accepter la défaite. Nous voulons essayer de faire face. Tu me soutiendras ?

— Bien sûr. »

Il secoue la tête.

« Je n'aurais jamais pensé... Je croyais que tu serais comme Papa... Il n'acceptera pas, lui.

— Au début, non, certainement. Mais il finira par accepter. »

Il sourit.

« C'est vrai qu'on peut toujours compter sur une mère. »

C'est là un compliment très peu mérité. Une autre Subha, celle d'avant, n'aurait pas été aussi compréhensive. Ils ont changé, tous les deux, parce qu'il leur est arrivé... Quoi ? Pour Kamal, c'est l'amour. Et pour elle ? Que lui est-il arrivé ?

« Ce n'est pas seulement ça, dit-il. Il y a autre chose. Je me suis engagé dans un groupement d'activistes... Ne t'en fais pas, nous sommes des pacifistes, pas des terroristes. Je n'en ai pas parlé parce que vous êtes tous tellement rangés, tellement prévisibles — personne ne comprendrait mes raisons. Je préfère me crever les yeux plutôt que de faire semblant de ne rien voir, comme Papa. Je voudrais mourir pour une cause valable. Je voudrais continuer à croire. Je voudrais… continuer à vivre. »

Elle perçoit le sentiment de désolation qui envahit Kamal. Il a un teint ocré comme les terres sèches des environs de Delhi où paissent les buffles. Cela avait fait dire à Mataji à sa naissance qu'il était « noir ». Elle a toujours manifesté sa préférence marquée pour d'autres petits-enfants au teint plus clair. Et personne d'autre n'a pris le temps de le connaître, de comprendre ses doutes ni ses convictions. Il a dû se sentir bien seul, tout ce temps.

Nous y avons tous contribué, pense-t-elle avec une sorte de fureur, à cause de notre égoïsme.

« On doit continuer à vivre, dit-elle, et aussi, parfois, dépasser la vie, notre propre personne, nos propres besoins. Je crois que… Je crois que ce que tu fais est bien. Tu dois poursuivre, quoi qu'il arrive. »

Ils restent silencieux, après cela. Le jour se lève et, avec lui, les habituels grincements d'essieux, cris à perdre l'âme des marchands ambulants et des chauffeurs de rickshaw, bruits de la vie qui se bat pour être, pour continuer, pour ne pas être vaincue. La pluie, bien sûr, ne tardera pas. Ils la sentent déjà s'élever des recoins les plus poussiéreux, une évocation d'humidité presque alléchante, avant que les trombes d'eau ne reviennent clore toute velléité d'aimer la mousson.

La voix d'Abida continue de les enlacer jusqu'à la fin du disque. Au bout de ce temps, Subha regarde Kamal et se dit qu'elle risque de le perdre aussitôt après l'avoir retrouvé. Au même instant, il se tourne vers elle et lui prend le bout des doigts dans sa main. Rien que le bout. Elle sent à quel point sa main à lui a changé depuis la dernière fois qu'elle l'a touchée. Cette main d'homme, plus fine que celle de Jugdish, à la peau rugueuse alors qu'il n'a jamais exécuté de travaux manuels, à la paume tirant légèrement sur le jaune, aux lignes très brunes et comme entaillées dans la chair, est une main d'étranger. Elle prend le temps d'en écouter la sensation. Redécouvrir qui il est : savoir qu'il est un homme, qu'il va suivre un chemin dont ni lui ni elle ne connaît le bout, qui n'est pas tracé d'avance comme son chemin à elle l'a été jusqu'ici. Ton sentier de ronces et d'embûches, de joie et de tendresse, d'orage et de passion, c'est toi qui le traces, c'est toi qui le dessines. Je vais aussi prendre une autre voie. Nous nous rencontrons au moment où nos routes divergent. Je ne veux pas que tu sois prévisible, ni à vingt-trois ans ni à quatre-vingts.

Il tient le bout de ses doigts et passe son pouce sur le dos de sa main. « Ta peau est fine », murmure-t-il. Ses yeux sont lointains. Mais il y a un sourire tout au fond, là où personne d'autre qu'elle ne saurait regarder.

J'espère que les choses se dérouleront sans heurt, sans tragédie pour toi, mais peut-être est-ce trop espérer. La violence est une ombre attachée à chaque corps dès la naissance. Le premier pleur du nouveau-né est un cri de frayeur.

Le tragique est toujours à portée de vie, parce que tout secret est impossible. Y compris le tien et le mien.

Ils ont disparu dans la lumière blanche. Ils sont happés par ces moments étranges, où, devenus étrangers, ils sont plus proches qu'ils ne l'ont jamais été.

Enfin, Kamal lui dit qu'il va se coucher. Son sourire défait lui fait mal. Elle reste sur le balcon, capturée par la dure luminosité du jour. De nouveau seule. Elle tente de s'agripper à la pente escarpée de la lumière. Elle se sent glisser. Une paix étrange l'envahit.

Que lui reste-t-il ?

Le toucher de la main de son fils. Elle porte la main à sa joue. Oui, là est quelque chose d'infiniment précieux.

Avril 2004

Les derniers temps de sa vie, le moine Ananda les a vécus avec sa création pour unique but et unique raison. Ses murs sont devenus la pierre de son esprit. Son corps, la source de ses images. Les couleurs étaient celles que seuls ses yeux d'aveugle pouvaient percevoir. Il a créé l'unique monde qui pouvait lui suffire et le satisfaire. (*Nul n'est besoin d'une autre quête* — d'où me viennent ces mots ? Je n'en ai aucune idée.) Sa créature lui a ouvert tous ses abîmes, a assouvi toutes ses soifs, a rempli son estomac comme aucune nourriture ne saurait le faire. Femme à la perfection assumée, elle ne pouvait être vraie. Elle ne pouvait être que l'exquise formulation de son attente. Il fallait l'inaccessible pour qu'elle explose dans son imagination. Elle lui a offert un sari orange comme une peau à celui qui une nuit attend en vain de goûter sur elle le métal fondu de sa trahison. Il en a fait une danseuse crucifiée.

Le désespoir est notre encre à tous les deux.

Comment abandonner cette volonté d'être le maître de ses créations, même celles, invisibles, que personne d'autre ne verra ? Impossible d'expliquer ce besoin de transfert, de démultiplication, de peupler son ciel de constellations qui ne sont pas soi, qui ne sont rien d'autre que soi. Paradoxe d'une solitude foisonnante et pourtant incomplète. Je crée Bimala et je suis son esclave. Elle fait ce que je veux dans mes rêves, mais je ne peux la forcer par mes mots. Mes mots peuvent l'envelopper, l'habiller, la déshabiller ; mes mots ne peuvent la faire autre que ce qu'elle est.

Qui, du sculpteur ou de l'écrivain homonymes, saura mieux faire vivre cette femme qui n'en est pas une ?

Je te cherche, je te suis, je te guette, je te projette. Je suis l'ombre de ton identité. Pendant ce temps-là, je ne suis rien ; en sursis, en suspens. Je me désintègre pour me retrouver de l'autre côté de l'écran, dans le miroir basculé de la page. Je me transforme en cette présence vénéneuse qui va pousser Bimala dans ses retranchements, et, une fois là, l'en sortir, neuve, riche, vitale. Je l'accouche de la fente ouverte dans la chair de l'inconnu, de cette inexistence au ventre lourd qui précède les mots. Ne sommes-nous pas les accoucheurs de nos propres folies ? Peut-être suis-je aussi Bimala, enracinée dans sa torpeur et ses habitudes, suivant son chemin d'un côté de ses berges tandis que son double sautille de l'autre côté ? Peut-être ai-je envie, en la secouant de sa complaisance, de me sortir aussi du trou ? Mais pourquoi elle ? Qu'est-ce qui m'a donné l'envie de cette femme au corps vieillissant, qui vit sa dernière lumière, sa dernière beauté, sa dernière ampleur, son dernier bleu avant de se perdre pour de bon ?

Après avoir suivi une route trop balisée, une dernière chance, une seule : celle de toucher à cette folie des sens qu'elle n'a jamais connue, de n'écouter pour une fois que son instinct, de faire le pas hors, le pas qui la propulse comme une bête animée, vêtue de jaune comme d'une incandescence, dans un monde nu comme un œuf, mais hanté par des rêves de mort et de rire, roue qui tourne, masques fêtards, charmeurs de rats, nettoyée de tout par une langue fleurie de cendres, désirée comme jamais et comme jamais plus. Tout cela sera mon cadeau à Bimala, car elle le mérite. Offrir à Bimala ce que je ne puis me permettre.

Et un soir, dans une ville volcanique à l'odeur de soufre, sortir de ses gonds.

Elle n'est pas venue pendant plusieurs jours. Elle ne viendra sans doute pas.

J'ai bu, j'ai dormi, et j'ai rêvé, dans cet ordre.

La maison est un fouillis : je n'ai pas rangé ni fait le ménage. Je sens le vieux regard de ma logeuse attaché à mes toiles d'araignée.

Entrant dans les visions du moine, j'ai réinventé notre premier geste d'amour. J'en ai fait ma déesse, ma dominatrice. Je me plie devant elle et me courbe, navigue à la recherche de son goût intime. Je suis à genoux et je plonge dans le puits clos et noir qui ne s'ouvre que pour moi.

Je ne sais plus laquelle des Bimala s'offre à moi. Cela n'a aucune importance. Ce sont les deux. Fondues l'une dans l'autre. Femme aux persiennes. Femme au sitar. Femme en fuite. Femme impossible.

J'ai dormi pendant douze heures. C'est un sommeil profond et à la fois incertain, vacillant au bord d'un gouffre qui ressemble à la mort, d'un trou qui ressemble à la vie. Je me réveille dans la désorientation la plus totale. J'ai longuement observé un lézard qui se promène sur le mur, la mine furtive. Je lui envie son absence de questions. Sa froide suspension aux murs de l'existence, son monde vertical, sans aspérités. Mais qu'en sais-je ? Peut-être les lézards ont-ils aussi des doutes existentiels. Peut-être nous envient-ils notre sang chaud. N'ai-je pas dans une autre vie raconté l'histoire d'un lézard esquissant une danse d'amour au-dessus d'un humain terrorisé ?

J'ai pris une douche froide et j'ai fait le ménage avant de sortir. Je m'habille avec un peu plus de soin que d'habitude. Je me regarde dans le miroir. Je ne sais quoi me dire. Mes yeux sont lourds, enfoncés dans leurs orbites. Mon visage a une pâleur de nuage fermé sur ses pluies. Mes mains tremblent. Pourquoi suis-je si faible ? Pourquoi ne puis-je prendre possession de moi-même, être de ceux qui créent et qui détruisent dans un même souffle ? Je ne reconnais rien en moi. Quand je me regarde, je ne sais pas du tout qui est cette personne. Il y a trop de « moi » accumulés sous les sédiments de cette peau jaunâtre, de ces lèvres trop minces, de ces cernes trop profonds. J'ai été tant de personnages différents que je me perds de vue. Peut-être Bimala me tirera-t-elle hors de cette foule haineuse qui veut m'ensevelir, par vengeance contre l'orgueil du démiurge ?

Je sors très vite pour ne pas me donner le temps d'abandonner ma quête. Je passe devant l'échoppe de Velluram, même si je n'en ai pas envie, aujourd'hui. Je sais qu'il va me poser des questions que je ne comprendrai pas, avec son élocution désormais approximative. Effectivement, il me voit et je dois m'approcher. Dès qu'il a un instant de libre, il ne me pose pas de questions, mais sort une photo de sa poche.

« Ma fiancée ! » s'exclame-t-il.

J'ai pris la photo avec un regain d'intérêt, pour savoir comment son appareil dentaire avait pu faire illusion. Mais ce n'est qu'une photo découpée dans un magazine de cinéma. L'actrice est facticement belle, avec ses yeux bleu lentille et sa bouche excessivement soulignée, ses cils longs de deux centimètres, sa poitrine provocante. J'ai regardé le pauvre homme, mais j'ai dû détourner le regard tant il souriait à donner la nausée.

« *Hiroin !* fait-il. *Fillum hiroin !* »

Il avait la ferme intention de la demander en mariage dès qu'il aurait économisé suffisamment d'argent pour s'acheter un complet à l'occidentale. C'est ça que tu veux, Velluram ? ai-je pensé. C'est là l'étendue de ton ambition ?

« Tu n'as pas assez d'argent pour la rendre heureuse, lui ai-je dit.

— Elle en a assez pour nous deux », a-t-il répliqué.

Je n'ai pas répondu parce que je n'ai pu m'empêcher de regarder les marques autour de son cou. Les marques de son seul instant de lucidité. Trop de lucidité mène à la mort, me suis-je dit. Mieux vaut continuer à vivre dans ses rêves. Il s'est remis à servir ses clients. J'ai regardé pensivement la photo de l'actrice et je me suis dit que lui aussi avait sa Bimala. Il n'y avait pas une si grande différence entre nos rêves. Nous nous appliquons tous à créer la fiction de notre vie, sauf que certains croient plus fort à ces illusions. À quel moment nos yeux s'ouvrent-ils ?

Je reste là plus longtemps que je ne comptais le faire, par simple sympathie de perdant. Le voyant puiser le thé dans la marmite, le verser dans le verre en faisant frémir une écume opalescente, rivaliser de dextérité avec lui-même à mesure que son bras se fatigue, je ressens envers lui un amour triste, ce frère aveugle et si magnifiquement laid. L'actrice en question ne lui fera pas l'aumône du moindre regard. Il s'enveloppe de son rêve comme d'un manteau chaud sous la pluie. Du coup, il se met à briller et se pare de dorures. Il devient beau, grave. Son thé est un breuvage magique. Ceux qui le boivent scintillent aussi. Tous peuvent conquérir les sommets les plus inattendus. Pris dans ce quotidien abrutissant qui ne leur laisse aucun espace de liberté, ils réécrivent le livre de leur vie. Plus ils sont prisonniers, plus forts leurs rêves. Ce n'est que justice.

Je commence à comprendre leur optimisme. Il est fait de l'aveuglement des rêves. Pourquoi ne croiraient-ils pas au mariage d'un marchand de thé et d'une actrice ? C'est ce qui se passe dans les films, qui continuent de véhiculer le plus mensonger des pays. Mon vendeur de thé, avec ses dents mal foutues, suspendu entre son envie de vie et son envie de mort, est infiniment plus beau que les héros dansants et giratoires de ces films. J'aurais voulu qu'il comprenne combien il vaut mieux que la midinette en minijupe. Et combien ma Bimala est plus belle, avec sa natte et ses yeux d'enfant perdu.

J'ai marché en la cherchant, sachant qu'elle ne viendra que quand elle sera prête. (Mais prête pour quoi ? Pour se faire arracher les ailes, comme Velluram ?) Peut-être ne viendra-t-elle pas. Peut-être est-elle trop bien nouée à ses habitudes. Peut-être refusera-t-elle de suivre la direction que j'imprime à ses pas. Toujours abritée derrière sa ligne mince, Bimala mienne, me regardant du fond de son envie, les yeux perlés de pluie. Cette ligne traverse le champ, coupe sa vie en deux, la divise du tranchant d'une guillotine. Avant, il y a la fixité de l'ennui. Après ? Que lirai-je sur son visage, après ? Que découvrirai-je, en te regardant ?

Des gens m'assaillent de toutes parts, vendant des paquets de kleenex, des cigarettes, des boissons gazeuses. Je refuse tout. Les enfants me collent aux jambes, me tirent par les vêtements, *Memsahib, Memsahib*, visages levés vers moi, si beaux, si sales. J'ai appris à ne rien donner, mais je ne m'y habitue pas. Je n'arrive pas à les ignorer ni à me fâcher contre eux, alors que je ressens l'extrême fragilité de leurs petites mains malodorantes, maculées de bouse, comme si c'étaient les miennes.

Les nuages se sont alourdis au-dessus de ma tête. Je passe devant l'endroit où s'entraîne d'habitude ma petite acrobate, mais je vois qu'elle n'est pas là. Je reste debout à la chercher des yeux, mais le carré de bitume reste vide de ses acrobaties. Ils l'ont peut-être emmenée dans un cirque. Un petit animal de cirque, voilà ce qu'elle est devenue. Parmi les serpents, les éléphants, les clowns grotesques, les ours dansants, se démenant devant des spectateurs émerveillés ou blasés, une poupée de satin jaune faisant des roulés-boulés avec ses cerceaux. Combien en manie-t-elle maintenant ? quatre ? cinq ? six ? On l'applaudira tant qu'elle ne fera pas d'erreur. Aux premiers signes de fatigue, les gifles se mettront à pleuvoir.

Mais il n'est plus temps de penser à elle :

Bimala est là.

Debout, droite, statufiée, frigorifiée, devant la vitrine aux sitars. Ce sera sa posture éternelle, si quelqu'un ne l'arrache pas à son propre reflet. Même de l'autre côté de la rue, je perçois son angoisse et sa peur d'elle-même. Je sais qu'elle tremble. Elle est figée entre le regret d'être venue et l'envie de partir. C'est d'ailleurs ce qui l'empêche de s'en aller. Je ressens son balancement, le basculement à l'intérieur de son ventre, l'océan d'incertitude. Elle ne me voit pas encore. Je profite du fait qu'elle ne me regarde pas pour la voir tout entière. Sa présence est une offrande.

L'anticipation fuit à tire-d'aile. Rien ne subsiste que l'inédit. J'oublie combien de fois j'ai rêvé ce moment. C'est la première fois. Elle est là.

Je traverse la rue comme si une bulle magique m'entourait. Je traverse, sans heurt et sans peur. J'arrive à ses côtés en riant, dans l'enthousiasme du vent. Elle ne sourit pas. Sa bouche est devenue toute petite à force de ne pas sourire. Ça ne fait rien. Elle est là. Contrairement à moi, elle n'a pas fait d'effort particulier pour s'habiller. Mais je pense que c'est délibéré. Elle a noué ses cheveux en un chignon raide. Pas un brin ne dépasse. Le sari qu'elle porte n'est pas transparent. C'est une simple cotonnade, passablement défraîchie. J'avais raison, elle a réfléchi à ce qu'elle allait porter. Elle me sait, elle me sent. Elle est boueuse de confusion. Ses narines s'ouvrent pour laisser passer une respiration que je devine chaude, haletante. La mienne l'est aussi. Mais je sais cette fois qu'il faudra que je fasse attention. Pas de hâte. Pas de geste présomptueux. Y aller sur la pointe des pieds. Elle est faite de soie vivante.

À nouveau debout devant la vitrine, deux animaux risibles parvenus au bout de leur quête.

« Vous allez bien ? » lui dis-je, pour briser le silence et grimaçant intérieurement de la banalité de ces mots.

Elle hoche la tête, obstinément muette. Son incertitude est totale : elle sent mon sourire et ne le comprend pas.

Voudrait-elle m'aider à choisir un sitar ? Je ne la regarde pas directement, je fixe un point abstrait, dans un no man's land qui ne l'agresse pas. Ses yeux alors se posent sur moi, noirs, brûlants, chargés d'une accusation à laquelle je ne m'attends pas et que je ne comprends pas.

Elle hoche la tête de nouveau et entre dans le magasin sans attendre, comme pour ne pas se donner le temps de fuir. J'en profite pour aspirer une odeur savonneuse et une tendre traînée dans son sillage.

« Nous voudrions essayer des sitars », dis-je au vendeur.

Il s'empresse, huileux, répandant une forte odeur de cardamome mâchée. Il commence à nous expliquer des choses très compliquées. Elle a l'air de comprendre ce qu'il dit. Au bout d'un instant, il passe à un hindi au débit tellement rapide que je n'arrive pas à suivre. Elle lui parle avec une assurance qui me fait plaisir. J'attends que tout se mette en place dans cette scène que j'ai manigancée avec autant d'efficacité dans la vie que sur la page.

Elle lui montre, avec du brillant à l'œil et les narines frémissantes, le beau sitar que nous avons regardé si longuement. Il a l'air content, car c'est de loin le plus cher. Après avoir passé un coup de balai, il étale un tapis propre sur le sol, dans un coin de la boutique où brûlent des bâtonnets d'encens à l'odeur fleurie et fumée. Il lui demande respectueusement de s'y installer. Elle hésite. Mon cœur commence à déraper. Dans quelques secondes, je la verrai, tenant entre ses mains un sitar. Dans quelques secondes, je l'entendrai en jouer. Réunis, les deux objets de mes fantasmes. J'aurai réussi à plier la vie à mes envies. Ce sera le centre et le cœur de mon aventure dans ce pays, l'aboutissement de ce chapitre dont je ne connaissais rien en arrivant. Ai-je droit à un tel bonheur ? Je dois faire un effort pour ne pas me joindre au marchand et essayer de la persuader. Il n'a pas besoin de mon aide. Il sait s'y prendre.

Elle va s'installer. Elle s'abaisse lentement jusqu'au sol, comme une corde qui s'enroule sur elle-même. J'ai l'impression qu'elle se liquéfie sous mes yeux. Ses deux jambes invisibles se ploient l'une sur l'autre. Le sari se rassemble en longs plis, prend une autre tournure, devient plus seyant, plus tendrement accolé à son corps, puis se déverse sur le sol, flaque de couleur sur le tapis sombre.

Le marchand apporte à deux mains le sitar, corps inerte, cadavre qu'elle se chargera de ranimer. Auparavant, il l'a astiqué avec une flanelle. Il le dépose sur elle à l'horizontale, en faisant bien attention de ne pas la toucher. La calebasse du bas repose sur ses jambes. J'aurais aimé que ce soit ma tête, à cette place. Ma tête fouillerait la mollesse des chairs pour s'y ménager un creux où se lover. Elle le caresse, enveloppée de sa présence (et de mon regard), trace les courbes et les reliefs de ses doigts, respire son odeur dense et boisée. Elle soulève le cou du sitar. Sa tête se penche vers lui, bouche entrouverte, souffle court.

Temps d'arrêt. Ne pressons pas les choses.

Comme si elle savait à quel point cette vision me remue et me fouille, m'obstrue la pensée, me met en état de déroute, sublime mes rêves, elle attend. Le temps s'immobilise. Elle touche les cordes mais ne les pince pas. Je la vois comme au travers de l'objectif d'une caméra, rassemblée, réunie, tranquille, parmi la respiration douce des instruments de musique. Je n'entends plus les bruits du dehors, et même le marchand semble recueilli. La caméra glisse le long de son corps, détaillant ses monticules, ses plans, ses courbes.

« Est-il accordé ? » demande-t-elle au marchand.

Il dodeline de la tête, puis hausse les épaules.

« C'est seulement quand un instrument est utilisé régulièrement qu'on peut l'accorder comme il faut », finit-il par dire en anglais.

Je n'aurais pas imaginé, à mon arrivée dans ce pays. Mais si, bien sûr, je le savais. Ce n'était pas anodin. On ne vient pas dans un pays fictionnel sans savoir que l'on risque de se livrer, pieds et poings liés, à une autre histoire.

Je voulais tout abandonner du moi d'avant, tout, y compris le but de mes désirs. J'ai trop connu la déception de l'autre, trop vu ses failles, trop su ses travers et ses déchets, trop subi ses exigences pour accepter de me plier encore de la sorte. Non, je me le suis promis : plus de lâcheté, plus de faiblesse, plus de ces compromis qui érodent, bout par bout, la dignité et le respect de soi. Si je ploie de nouveau, ce sera de ma propre volonté, en hommage et en grâce, parce que la personne devant laquelle je me penche le recevra comme un don, comme une offrande, et ne m'écrasera pas sous son talon de conquérant. Pas autrement. Pas autrement.

J'ai eu envie de me mettre tout de suite à genoux devant elle, cette femme si magnifiquement belle à présent que je l'ai rescapée de sa fadeur. S'il n'y a pas un autre regard pour leur dire qu'elles sont belles, elles finissent par devenir grises comme un jour décati. Le lustre de leur peau, de leurs yeux, de leur bouche se ternit. Leurs traits se brument. Leur corps s'enfle d'une gaucherie nouvelle, leur chair devient une pâte farineuse et molle. J'en ai vu des milliers et des milliers, depuis que je suis ici. Et ailleurs aussi, bien sûr. La beauté se nourrit du regard de l'autre.

Si je réussis à éveiller en une seule l'or caché au fond de ses cuisses, j'aurai l'impression d'avoir réglé ma dette envers l'Inde. Ce pays a presque perdu de vue l'insolence éblouie de ses femmes.

Son regard est triste. Elle murmure sans me voir, à un interlocuteur invisible qui est peut-être elle-même : cela fait si longtemps. Ça ne fait rien, essayez, ma sœur, a dit le marchand. Et j'ai répété, en silence : ça ne fait rien, essaye, ma belle.

Elle hoche la tête, prend sa respiration et s'apprête à jouer.

L'instant d'après, tout s'écroule. L'onde de choc jaillit, se précise et continue à se propager en moi longtemps après le silence. Mon tympan vibre, assourdi.

Le son qui est sorti de ce premier pincement des cordes est atroce.

C'est à mi-chemin entre un gong de pagode chinoise et un couinement de chien battu à mort.

J'ai sursauté. Le marchand a reculé d'un pas. Nos visages ont eu la même grimace de souffrance. Bimala est saisie. Ses yeux se sont agrandis. Le son, longtemps, a continué de résonner autour de nous et de nous narguer de sa démesure. La boutique a frémi de la laideur de ce bruit. La consternation de Bimala est si grande qu'elle me regarde pour la première fois dans les yeux, avec insistance, comme si elle voulait me persuader que je n'avais rien entendu. J'ai retenu son regard, je ne l'ai pas libérée en détournant le mien, en faisant semblant de me préoccuper d'autre chose. Une sorte de démon m'a dit de tirer parti de cet instant où elle est encore plus fragile et vulnérable et où elle mesure pleinement la distance entre l'image si belle de la femme au sitar et le couac issu de ses doigts malhabiles. Il ne lui reste plus qu'une seule consolation : moi.

Elle a fermé les yeux en se mordant les lèvres, fronçant de détresse ses sourcils épais. Le marchand, plus poli que moi, s'est éloigné pour astiquer délicatement un instrument déjà reluisant. Moi, j'ai souri. J'ai retenu de toutes mes forces une énorme envie de rire. Son menton tremble comme celui d'une petite fille. J'aurais voulu la prendre tout de suite dans mes bras pour lui dire que j'aime ses couacs. Mais ce n'est pas le bon endroit pour le faire.

Mai 2004

Contrairement aux secrets, les voix familières des odeurs de cuisine n'ont, elles, rien de sombre ni de menaçant. Au contraire, elles portent en elles le réconfort des vieux contes de grand-mère, des péripéties mille fois racontées, des fins heureuses chargées de couleurs et de parfums. Ainsi en est-il des feuilles de *khari* saisies dans l'huile chaude, suivies de près par les graines de moutarde qui délivrent leur saveur dans une minuscule explosion jaune, les piments secs couleur de vieux sang et le cumin et la coriandre déversés dans la marmite en une pluie dansante. À ce cortège d'épices, Subhadra ajoute les rondelles d'oignon, puis, une fois celles-ci rosies et devenues translucides, les doigts d'okras tendres. Elle couvre la marmite et laisse mijoter le tout tandis que les parfums s'affolent. Elle pétrit la pâte pour les *puris* et se laisse envahir par la musique de sa cuisine.

La fenêtre s'embue de cette chaleur odoriférante tandis que, dehors, les pluies commencent. Le ciel est bas, ventru. L'éclatement du matin est déjà un vieux souvenir. Deux pigeons se sont réfugiés sur le rebord de la fenêtre, les plumes détrempées, tristement effilochées. Ils frissonnent de toute cette humidité comme des vieillards désolés de la tournure qu'a prise la vie. Elle regrette de ne pouvoir les laisser entrer. Néanmoins, elle va jeter des miettes de pain sur le balcon, en espérant qu'ils sauront trouver leur chemin jusque-là. De retour dans la cuisine, des morceaux de pâte sont aplatis entre ses doigts, refermés autour d'une poche d'air, puis roulés dans sa paume pour former de parfaites petites boules de farine, prêtes à être étalées au rouleau puis frites à l'huile.

L'intérieur de sa paume est calme. Loin d'être striée d'une multitude de lignes d'anxiété, elle est plate et matelassée à la fois. Elle caresse l'enflure du mont, juste sous le pouce. Elle effleure le bout de ses doigts, avec leurs ongles courts. Ont-ils touché ces autres lèvres ? Elle croit s'en souvenir. Elle croit se souvenir d'autres glissements, d'autres élans. Non, elle ne doit pas. Interdites, verrouillées à triple tour, ces images de deux corps simultanés, de deux dévoilements riches de leur parcours de découverte.

Mais voilà qu'une autre mémoire, remisée dans le tiroir fermé à double tour des humiliations intolérables, se réveille pour la narguer. Celle de la boutique d'instruments. Elle entend le grincement de dents du sitar, furieux d'être touché par ses mains inexpertes. Elle revit le cauchemar de ce bruit qui résonne dans la boutique et hors de la boutique et s'éparpille avec une violence incongrue à travers la ville, le pays, le monde, qui vrillera ses propres oreilles pendant une éternité. C'est un rejet total, sans appel, de l'instrument. Il ne peut y avoir d'autre explication. Même un novice ne saurait en extraire une telle laideur. C'est l'instrument lui-même qui l'a forgée dans son ventre creux et dur, devenu intransigeant à force d'attendre. Sans doute considérait-il celle qui lui demandait de livrer ses richesses trop peu méritante, et sa prétention un outrage à sa perfection ?

Elle revit les deux paires d'yeux choqués, désemparés, qui lui font face. Leur surprise grimaçante et douloureuse, identique à tous les deux, confirmant sa mortification, lui renvoyant au visage son propre ridicule. Lorsqu'elle remet, tremblante, le sitar à l'horizontale, elle croit qu'elle vient de mourir. Bien sûr, elle sait aussitôt que ce n'est pas vrai : le ridicule ne tue pas. Mais elle aurait préféré que ce fût le cas.

À partir de ce moment, tout s'est décidé. Elle l'apprend maintenant. Oui, elle avait pensé l'aider à choisir l'instrument, elle aurait eu une conversation amicale et distante sans entrer dans un quelconque engagement, sans risquer de glisser sur cette route entrevue au moment où leurs mains se sont rencontrées, froissement de peaux silencieuses, elle serait restée dans les limites strictes de sa sécurité, puis elle serait partie. Mais cette humiliation, ce mépris du sitar envers elle a été une rupture définitive avec elle-même, celle d'avant, celle qui était incapable d'un seul vrai rêve ni même de faire sortir la moindre note pure d'un instrument. Avec une rage inconnue, inusitée, il s'est décidé en elle, sans qu'elle y soit pour grand-chose, qu'elle irait là où la mènerait ce nouveau chapitre de sa vie. Elle devait trouver le moyen de racheter sa honte. Elle ne pouvait partir en lui laissant, qui avait vu en elle on ne savait quelles promesses et quelle grâce, le souvenir de cette note abominablement fausse. La fausse note, c'était elle.

Sa honte l'a muselée, l'a réduite à une effigie glacée et sans substance, qui à peine comprenait le sens des choses. Mais sous cette honte se dissimulait une résolution.

Il y a eu, quelque part, un rire tremblotant sous la surface des choses. Elle l'a accepté. La moquerie, au lieu de l'admiration. Le rire, au lieu du respect. Elle ne méritait pas davantage.

Elle ne résisterait plus. Ce qui restait d'elle était une écorce vide. Quelque part, à l'intérieur, une toute petite chose devait bien être dissimulée qui la contenait encore, puisqu'elle était vivante. Mais à ce moment-là, elle serait heureuse de ne pas savoir où elle se trouvait. Elle trottinerait à ses côtés, impensante, le visage chiffonné de honte, sans savoir combien elle était charmante dans son désarroi.

Elle ne remarquerait même pas qu'elle était nommée Bimala et que, pas une fois, elle ne prononcerait son véritable prénom, pas plus qu'elle ne saurait celui de l'autre.

Et ainsi s'achemine-t-on l'une vers l'autre sans vraiment se rencontrer.

Avec un instinct ciselé par les années, elle vérifie le feu sous les *bindhis,* fait frire les *puris* sans en brûler un seul, prépare un chutney de tomates et un *raita* de concombre sans se tromper d'assaisonnement et dresse la table du petit déjeuner alors même qu'elle n'est plus qu'une cosse dépourvue de fruit. Elle écoute les échos amortis du vide. Les bruits de la cuisine ne sont plus qu'une musique distante.

Jugdish arrive, parfumé de frais, et s'assied sans l'avoir regardée. Mataji s'annonce avec des raclements de gorge et une toux prononcée. Kamal ne paraît pas. Subha leur sert le petit déjeuner et ne mange pas. Ils ne lui adressent pas la parole. Elle pense qu'elle s'est fondue au mur. Elle se touche subrepticement pour s'assurer qu'elle n'a pas disparu. Mais, avant de partir, Jugdish lui demande si elle a vu le médecin. Elle répond que non. « Tu veux que je prenne rendez-vous pour toi ? » demande-t-il gentiment. Avec un certain manque de charité, elle se dit qu'il lui pose cette question afin de bien faire voir à Mataji qu'elle est malade. Mais, même si c'est le cas, Subha sait que Mataji n'en sera aucunement démontée. Puisqu'elle tousse elle-même avec tant de hargne, elle fera ressortir que sa mauvaise santé ne l'empêche pas, elle, d'aller en pèlerinage : il suffit d'un peu de foi sincère. Et de beaucoup de mauvaise foi, pense Subha.

Lorsqu'ils sont partis, Jugdish au bureau et Mataji chez la voisine, Subha débarrasse la table, fait la vaisselle et range la cuisine. Elle fait les lits. Elle lave et étend le linge sur le balcon. Elle remarque avec plaisir que les pigeons (mais sont-ils bien les mêmes ?) ont fini par trouver leur chemin et picorent mélancoliquement les miettes de pain. Elle s'assied et les regarde faire. Le linge mettra des jours à sécher, mais elle n'a pas le choix. Les armoires commencent à sentir le moisi, et d'inquiétantes taches grisâtres sont apparues au plafond. D'année en année, l'immeuble semble perdre la bataille contre l'humidité. Les murs deviennent plus poreux, la peinture s'écaille, le ciment s'effrite par endroits. Lorsque les voisins du dessus déplacent un meuble, des poussières de peinture, de plâtre et de ciment pleuvent du plafond. C'est ainsi. L'immeuble vieillit en même temps que ses habitants. Le monde aussi vieillit. L'ordre dans lequel on a cru si fort s'effrite en poussières inutiles, en sédiments de désillusion. Comme des pigeons aux plumes détrempées, ils attendent chaque mousson en essayant tant bien que mal de s'abriter de l'implacabilité des choses.

Tout au moins l'immeuble est-il un abri. Kamal, lui, en est sorti, a décidé de ne plus se cacher. Il a décidé de risquer son corps pour ne pas finir dans la claustration de ces règles qu'on n'a pas choisies et qui n'ont qu'un seul but : la sécurité. Et elle a fini, elle aussi, par s'élancer. Contrairement aux pigeons, elle n'a pas d'ailes.

Elle n'est pas sortie depuis qu'elle est rentrée de là-bas. Elle se barricade. Ce n'est pas pour se soustraire à une quelconque tentation : il n'y en a pas.

Il y a des choses qui semblent finies au moment même où elles commencent. Elles n'existent que dans un temps unique, hors du temps réel, cerné de toutes parts par la conscience de ce qui n'a pas lieu d'être. Et pourtant, ces instants qui ne durent pas plus que le temps élastique des rêves où toute une vie s'écoule en une nuit ont un air d'éternité : ils ne s'oublieront pas.

La vérité, silhouette esquissée, légèrement moqueuse aux abords de ses yeux, l'attend. Elle a le temps. Elle n'est pas pressée.

En premier lieu, il y a eu ce contact des mains, d'abord inexplicable, puis bien trop clair. Un contact qui faisait basculer toutes ses certitudes, tout ce qu'elle aurait pu croire d'elle-même et de l'autre, qui rejetait la possibilité d'une amitié comme il s'en nouait quelquefois entre étrangers et qui ne vous liait pas à grand-chose, qui n'aurait même pas de suite, non, ce contact racontait une autre histoire, il lui disait que sous ses pieds il y avait un monde auquel elle n'avait jamais pensé, un monde de femmes aux étranges requêtes, dont les corps exigent d'autres assouvissements, dont les attentes sont suspectes et les envies différentes. Il avait fait résonner dans sa tête une note étrange, presque désaccordée, et imprimé un faux rythme à ses pas. Au lieu de rejeter cette possibilité profilée comme une chose monstrueuse, au lieu de refuser l'idée ainsi jaillie d'autorité des tréfonds d'une connaissance plus profonde des pulsions adultes qu'elle ne l'aurait admis, elle lui avait permis d'éclore et de s'installer.

Quelque chose, ce jour-là, l'avait diluée et dispersée, l'avait fait fredonner en rentrant, mais claquant des dents d'effroi. Une couleur s'était glissée dans son regard. Abaissant les yeux sur une flaque d'eau, elle avait surpris le sourire d'une inconnue. Ainsi renversée, cette forme orangée dans les gris venteux était débarrassée de toute lourdeur, de trop fortes certitudes. La tête à l'envers, elle considérait les choses autrement. La tête légère, rien ne semblait important. Lorsqu'elle avait repris sa marche, la créature ailée avait continué à la suivre. Le pan de son sari s'était gonflé au vent. De nouveau, la ville avait suivi son rythme et ses cadences.

Et ainsi, tout cela ne se résumait qu'à un dernier accès de romantisme, une dernière envie de romanesque, au bout d'une vie abreuvée de chansons de films ? C'était tout ? *Le cœur a-t-il dit quelque chose ? Il n'a rien dit. Le cœur a-t-il entendu quelque chose ? Il n'a rien entendu. Parfois, les choses sont ainsi.*

Elle sourit à présent en pensant qu'elle a peut-être cru qu'elle ressemblait à ce personnage de film qui marchait dans un paysage fouetté par les vents, sur des pentes escarpées, silhouette solitaire et timide que personne n'entendait. Sauf quelqu'un d'aussi solitaire, qui surprenait sa chanson et le fragile battement caché dans son silence. *On croit que le printemps est là*, chantait-elle, *mais le monde est si sombre.* Peut-être avait-elle eu envie, en son déclin, de jouer ce rôle ? *Parfois, les choses sont ainsi.*

Entrée en adolescence, Subha y était allée en entendant la douce chanson mensongère, en ne s'imaginant pas que, au lieu du jeu de regards et de silence et de la lente compréhension qui s'installerait au fil des jours avec les non-dits, les effleurements à peine plus appuyés, les sourires dérobés, les échos de cœurs solitaires impatients de se rencontrer pour ne rien se dire, il y aurait, au bout de cette rencontre, il y aurait. Ce geste.

Ce heurt, cet impact, cette définitive rupture.

Elle avait mis longtemps à décider quel sari elle allait porter. Elle regardait les tissus soigneusement pliés dans son armoire — peut-être racontaient-ils toute une vie, la sienne, dans leurs pliures féminines, mais, à cet instant, ils étaient chargés d'orages en attente — et elle n'aimait pas ce qu'ils disaient d'elle. Tous lui semblaient trop colorés, comme réclamant une attention qu'elle ne souhaitait pas. Elle ne comprenait pas que tout vêtement qu'elle porterait ce jour-là se parerait de sa luminosité propre.

Elle s'était habillée de façon à attirer le moins possible l'attention. Non que son corps ne réagisse à cette attente illicite. Au contraire, il grésillait de mille étincelles invisibles. L'eau du robinet avait couru sur chaque millimètre de peau comme des millions de fourmis, avec leurs petites pattes grêles, leur petit corps ventru. Elle s'était lavée, récurée, parfumée, préparée comme on prépare une geisha ou une *devdasi*, une danseuse de temple, vierge pour la première fois offerte ou prostituée rompue à ces jeux ou les deux à la fois, sans admettre un seul instant qu'il s'agissait d'un rituel amoureux. Elle avait osé prendre son temps en touchant les lieux cachés, ceux que son propre regard n'atteignait pas. Mais son corps et son esprit étaient capturés dans deux tunnels différents et contradictoires, le corps résolument réaliste, joyeusement expressif de ses métamorphoses préparatoires, l'esprit s'obstinant à s'abrutir de mensonges et d'excuses. À aucun moment, avant la rencontre, ils n'avaient consenti à se rejoindre.

Elle y était allée sans réconcilier les deux, sans prendre la peine d'écouter son corps, persuadée que c'était son esprit qui avait raison. Et son cœur, bien sûr, qui attendait d'être entendu.

Peut-on se diriger avec un tel aveuglement vers la vie ? Elle se le demande à présent. Elle a commencé à écarter un à un les rideaux de sa mémoire. Elle se souvient de la façon dont sa poitrine se soulevait, alors qu'elle marchait. De sa bouche entrouverte, de ses dents révélées, de ses yeux frappés d'une soudaine myopie qui ne voyaient plus que les abords des choses, que des images diffuses, interlopes, prisonnières d'autres images. Seuls ses pieds avaient su quoi faire, où aller.

Lorsqu'elle était arrivée devant la boutique, il n'y avait personne. Elle ne savait pas si elle était soulagée ou déçue. Elle s'était arrêtée devant la vitrine. Elle s'était dit : je n'attendrai pas plus d'une minute. Elle avait attendu plusieurs minutes, s'apprêtant à partir, décidant d'attendre, prise dans une courte danse où ses pieds étaient immobiles et sa tête en partance. Jusqu'à ce qu'elle voie un fragment de lumière traverser la route dangereusement, comme nouvellement né.

Jusqu'à l'instant où elle a tenu le sitar contre elle, sachant que l'instrument rayonnait sa grâce sur son propre corps, l'enveloppait d'une beauté qui n'était sans doute pas la sienne mais dont elle acceptait avec simplicité et reconnaissance le don, prenant une pose qu'elle pouvait s'imaginer comme une peinture aux couleurs tièdes, sachant l'arrondi de son bras en accord avec celui du cou de l'instrument et les plis du sari devenus fluides comme la mélodie contenue dans le silence du bois ; jusqu'à cet instant-là, tout avait été parfait.

Après seulement, seulement après, était venue la gifle, d'autant plus brutale que parfaitement inattendue. Début d'un délitement, d'une désintégration des rêves qui ne s'arrêterait plus, qui ne s'arrêterait pas avant qu'elle ait atteint le fond. Démultipliée, elle avait regardé ses os fracassés et son sourire massacré, au moment où elle avait été trahie par sa propre insuffisance. Elle avait écouté la coulée du regret dans ses veines, puis la coulée des veines elles-mêmes, comme une lente fonte des glaces.

Ensuite, immunisée contre toute pensée et tout pouvoir de décision puisqu'elle pensait qu'elle était morte de sa honte, elle l'avait suivie.

Avril 2004

Elle m'a suivie comme un enfant pris en faute, le cœur brisé par l'échec du sitar. Je n'ai eu qu'à la prendre par la main et à l'entraîner. Elle est venue.

Entamée, inaccoutumée, inespérée. Là, devant moi, je la goûte jusqu'à la lie.
Je la goûte. Je la vois. Je ne sais plus où je suis. Ma tête est quelque part, collée au plafond du ciel qui me surplombe, mon corps est quelque part, plongé dans le paradis le plus ténébreux.
Je suis écartelée de paradis en paradis. Je vais me déchirer de joie.

Que ressent-elle ?
Je n'en sais rien.

Elle est entrée. Je la bouscule, sans savoir ce qui me guide, ce qui m'entraîne. Devenue cette chose impérieuse qu'aucune raison ne retient. Même conquise, l'amoureuse est conquérante.

Viens.

Ne résiste pas. Nous nous connaissons.

Tu es là pour ça, n'est-ce pas ? Tu as vécu, tu *sais*.

Elle ne *sait* pas. Elle me regarde d'un air de petite fille perdue. Elle, femme depuis si longtemps, ne sait pas. Sa peau vibre sous mes mains. Cordes arquées. Pas encore. Elle n'est pas prête encore. Raide comme le bois. Allons, allons, ma douce, il n'y a personne, ici, que toi et moi. Aucun regard, le silence, la solitude. Nous, nous sommes prêtes. Laisse-moi prendre ton visage dans mes mains. Je dois te tourner vers moi, orienter ta bouche vers ma bouche, résistance. Ça ne fait rien, c'est le jeu humain. Jouons. Ce jeu est si merveilleux.

Continuons. Soyons adultes jusqu'au bout. Regarde-moi. Oublie les siècles de résistance. Oublie les convenances. Oublie les rôles consacrés, la division des sexes, la condamnation des regards.

Je détache ton corsage. Maladroite, je fais craquer une agrafe. Le reste est à l'avenant, tant je suis pressée. Je ris mais pas toi. Je te défais. Tu poses les deux mains sur mes épaules, mais c'est pour me repousser. J'écarte vite tes mains et délivre tes seins grandioses. Tu as une petite grimace, comme si tu allais te mettre à pleurer. C'est beau, c'est si beau, ton ampleur me comble. Je ne fais plus attention à ton recul, à ton refus, je suis trop occupée à me nourrir de toi. Sensation fabuleuse, que d'avoir conquis l'inconquérable. Mes mains et ma bouche sont remplies. Mais ce n'est pas suffisant. Il y a autre chose que je dois faire, que je dois parfaire, que je dois prendre en moi, t'absorber, voler un peu de ta substance afin que tu sois parfaitement mienne, Bimala, ce rituel est nécessaire, je dois connaître ce liquide qui nous a rendues semblables, qui est notre larme souterraine et notre soupir désemparé, ce suintement laiteux qui se transforme en onction sur le front des pénitents et en cascade sur la bouche des braves, ce souffle lucide, fait de silence et de témérité, qui voile de soie nos enflures et pare d'argent nos blessures, cette première et dernière entrée du monde, son origine et sa fin, je dois la connaître, il n'est plus temps pour l'attente, c'est pour cela que nous sommes ici, toute cette histoire n'a tendu que vers ce seul but, n'est-ce pas extraordinaire, tant de chemin, tant de kilomètres, tant de vertiges, tant de pages, tant de mots, et c'est pour cela, pour découvrir, le temps d'une rencontre, le temps d'une plongée dans le portique de tes cuisses, le temps d'une génuflexion devant mon autre et l'autre moi conjurée du vide, pour savoir, enfin, qui je suis, oui, c'est pour cela que tu es née.

Bimala impossible, tu ne m'as jamais connue, peut-être n'as-tu même pas existé, mais tu n'as jamais été à ce point désirée, à ce point éblouie de chaleur, à ce point aspirée vers le lieu de non-retour qu'est la rencontre entre un sexe et une bouche, le lieu du début et de la fin d'une histoire si simple et si compliquée, auquel j'ai mis tant de temps à parvenir parce qu'il est si difficile, si difficile, de parler de ce qui n'est somme toute qu'un acte biologique et l'une des fonctions vitales, l'une des aspirations fondamentales, de l'humain. Le plus grand paradoxe qui soit, et le plus grand défi peut-être de l'écrivain, que d'en restituer le secret et l'imminence, l'intimité et l'insolence, l'extase et l'indécence.

Il le fallait. Il me faut aller jusqu'au bout et le décrire : Bimala, debout, poitrine dénudée, toujours statufiée mais dans une posture de pâmoison antique, tête en arrière, bouche entrouverte, longue chevelure défaite — moi agenouillée, écartant, déchirant, arrachant l'amoncellement de tissus du sari, du jupon, bouche enfouie dans l'obscurité blafarde de ses cuisses qui n'ont jamais vu le soleil, dans la chaleur rouge et noire de son sexe qui n'a jamais connu la caresse mobile d'une langue.

Les déesses ont un goût de courge amère.

C'est aussi mon goût à moi, le démiurge devant lequel les images s'agenouillent pour réveiller les sensations avides et monstrueuses qui peupleront ses pages.

Loin au-dessus de moi, j'ai entendu un faible cri — de joie, de stupeur, de crainte — tandis que Bimala explose sur mon visage.

Quand elle est partie, son mystère est resté entier. Elle est une ombre qui s'est un instant arrêtée dans ma maison. Je ne suis pas certaine de l'avoir capturée. J'ai perçu un reste de parfum qui était celui de son corps, très vert, feuillu, frais comme l'anis qui habitait sa bouche, et aussi le parfum des roses endolories de soleil de mon enfance entre deux bancs de pierre. Mais rien de plus. Je l'ai traquée partout dans la maison, mais elle s'était évaporée. Je me suis agenouillée là où je l'ai goûtée, mais je n'ai rien ressenti, rien qu'une nostalgie douloureuse comme une drogue que l'on vient de vous enlever. Bien sûr, il en est ainsi de tous les personnages dont vous êtes orphelin, une fois le livre achevé.

Pourtant, pourtant, la rencontre s'est bien poursuivie, il me semble, elle ne s'est pas résumée à ce seul agenouillement, nous avons continué la conversation de nos désirs dans le lit, je crois bien qu'elle est venue à ma rencontre, que son corps dénudé contre le mien a vibré d'une musique bien plus vraie que celle du sitar, c'étaient là ses notes les plus justes, celles que jamais son corps, sans moi, n'aurait jouées puisque sa vie était déjà gaspillée, déjà vendue aux enchères, déjà appuyée contre l'échéance de la mort, et moi je l'ai nommée en la parcourant des mots du sitar, *kunti, tumba, tarafdar, parda, baj tar*, elle a fredonné la mélodie de gorge qui s'échappe des femmes dans ces moments-là, elle aussi a eu mon goût sur les lèvres, nous n'avons éprouvé aucune des méfiances qui assombrissent les premières rencontres, elle s'est oubliée, je le sais, pour ronronner éperdument en se mêlant à moi, à mes cheveux, à ma douceur dans sa toute première rencontre avec le plaisir — mais, une fois partie, elle a disparu de ma maison comme si elle n'y était jamais entrée, comme si elle n'avait jamais vécu.

Sans une réalité échangée — la vraie moi, là-bas, avec elle devenue vraie —, le souvenir de cette rencontre ne pourra se résoudre en douce mémoire. Il restera toujours chargé de doute, d'inconnu. Je ne saurai jamais ce qu'elle a lu dans mes gestes, dans mes actes. Je ne saurai jamais si elle a compris.

Je suis restée assise longtemps, jusqu'à ce qu'il fasse nuit. Le sitar, dans un coin, somnolait. Il ne semblait pas abandonné, mais au contraire se trouver bien là où il était. J'ai repensé à Bimala le tenant, tentant de l'apprivoiser et n'y parvenant pas. Cette fausse note l'a rendue plus humaine qu'elle ne l'a jamais été.

Cette fausse note a permis notre première rencontre amoureuse, à toutes les deux, avec une femme.

Faut-il des fausses notes pour que cela soit possible ? Ne pouvons-nous nous découvrir sans cela ? Qu'est-ce qui nous interdit la joie et la gaieté, la rieuse complicité de nous-mêmes ?

Faut-il un roman pour réaliser cela ? Est-ce pour cela que je suis venue ? Pour comprendre que l'écriture, tout ce temps, n'était qu'un moyen de pallier la fadeur de ma vie, cette claustration volontaire qui m'amenuise, cette claustrophobie des émotions qui m'empêche de conquérir mon ciel ? Si peu de sens, vraiment, à tout cela ? J'aurais lutté toute ma vie pour mériter une destinée qui ne tenait qu'à moi ? Peut-être nos étoiles ne sont-elles pas si lointaines, en fin de compte, pas plus loin, en tout cas, que la barrière de nos propres limites, que les frontières de nos propres peurs.

Je me regarde dans le miroir et je vois une femme comme une autre. Je cherche sur mon visage la marque de l'écrivain, quelque chose qui me permettrait de mieux me respecter, de croire davantage à une quelconque utilité de ma présence. Puisque je n'ai pas écrit ce roman d'une rencontre, je n'ai rien appris du tout, rien révélé de moi-même, je n'ai pas accompli la convergence entre les deux moitiés antagonistes, la coïncidence de mes astres n'a pas eu lieu, je ne me suis pas réunifiée, je me regarde toujours de chaque côté de ma ligne de faille et chaque moitié constate, désolée, l'échec de l'autre.

C'est ainsi. Je m'allonge par terre, auprès du sitar. Personne n'a réussi à nous jouer, à tirer de nous les notes triomphales et pures de la beauté.

Mais en même temps, alors que, ainsi allongée, je laisse revenir en houle le souvenir de Bimala réveillée de son long endormissement de femme, je me sens femme comme toute femme qui a jamais aimé — enfin admise dans le secret des dieux.

Mai 2004

À présent, elle s'écoute. Elle s'attend.

Elle sait qu'il lui faudra rassembler ces fragments qu'elle a perdus en cours de route et les resserrer en une boule parfaite au creux de sa paume, comme ces interminables chapatis, *puris* et *pharathas* qu'elle fabrique à longueur de temps. Pétrir la pâte, en modifier la texture avec le talon de sa main, la rendre lisse et précise, pliable et élastique. Avec ces pains sans levain, tout a un goût délicieux. Tout comme eux, sans épices, fade et plate, elle ne sert qu'à faire ressortir les qualités des autres, leur saveur. Elle n'en a pas plus de goût pour autant.

Elle décide enfin de sortir pour aller à la rencontre de quelqu'un qui porte son propre nom, mais qui n'est pas elle. L'appartement est trop rempli de son ordinaire, de son passé sans surprises. Pour comprendre son propre bouleversement, elle doit quitter ce carcan et se retrouver, là où les choses peuvent encore la toucher et la transformer.

Elle s'enroule d'un sari léger, couleur d'eau de ciel, et sort dans la rue au milieu d'une accalmie. La chaussée mouillée fume doucement. Les gens se déplacent comme dans un film muet. Elle n'entend rien. Elle se croit devenue sourde. Mais elle est seulement devenue sourde à elle-même, à ses propres appels. Elle crierait que non seulement les autres ne l'entendraient pas, mais qu'elle ne s'entendrait pas elle-même. Ainsi s'est-elle volontairement bâillonnée, devenant muette avant de trouver une autre voix. Un suicide en douceur, mort lente et sans douleur, glissement imperceptible vers l'effacement. D'abord la bouche, ensuite le reste des traits. Le corps, lui, aurait dû depuis longtemps disparaître.

Elle prend un taxi jusqu'au Qutb Minar. Elle a envie de revoir cette haute tour qui semble, par une illusion d'optique, s'élever toujours plus haut, son aiguille de grès rouge perçant le ventre du ciel de Delhi. Sans compromis, intransigeante, elle semble exiger de soi le silence et la vérité. Elle est soulagée de voir qu'à cette heure il y a très peu de gens. En ce lieu il n'y a pas seulement une tour de soixante-douze mètres de haut ; il y a aussi une porte, l'Alai Darwaza, qui date du XIVe siècle. Depuis son enfance, elle joue à imaginer que cette porte est une porte temporelle. De celles que l'on utilise pour voyager dans le temps. Elle reste de ce côté-ci de la Darwaza, ferme à demi les yeux, et voit de l'autre côté des paysages mélancoliques, empreints de leur propre évanouissement. Il lui semble percevoir des ombres de femmes, l'ondulation silencieuse des corps et des voiles, un tintement de bracelets ou de chaînettes aux chevilles. Une ère morte, traquée par la même imagerie que les films de fantômes de son enfance. Il y a un demi-siècle, un maharaja s'est tué en se jetant du haut de la tour. Plus récemment, des lycéennes prises de panique lors d'une coupure de courant ont dégringolé l'escalier en spirale vers leur mort. Le monument continue de s'alourdir de tous ces passages à néant. Elle n'en est, elle, qu'un de plus, qui ferait à peine une petite entaille sur sa carapace de pierre.

En ce lieu, architectures musulmane et hindoue se rassemblent en un somptueux mariage de formes, de textures, de courbes, ces dansants prolongements de la pierre qui représentent la grande apothéose des artistes indiens. La richesse sensuelle de l'imaginaire hindou alliée à la délicatesse épurée de l'inspiration musulmane. Elle imagine un autre pays, plus difficile, sans doute, plus cruel, mais aussi plus noble, pris par cette folie de construction démesurée qui aura légué tant de chefs-d'œuvre aux humains.

Les corbeaux criaillent en cerclant le sommet du Minar. Leur cri ressemble à celui des vautours qui dévorent les morts exposés sur les tours du silence des zoroastriens. Subha s'assied sur un banc et s'imagine qu'elle monte jusqu'en haut, et se laisse dévorer par les vautours jusqu'à ce qu'il ne reste plus que des os parfaitement nettoyés, blanchis par le vent et le sable. Elle aime l'idée d'exposer les morts aux éléments et à la faim irrépressible des rapaces. Peut-être que, plus encore que l'incinération à Kashi, cette manière de disposer des corps exprime bien ce qu'ils ont de dispensable.

Non loin, les soubassements d'une autre tour, plus grande de diamètre que la première, sont interrompus en pleine montée comme un gigantesque doigt amputé. Le sultan qui a commencé à la construire est mort avant de pouvoir la terminer. La porte surveille ces velléités de grandeur et d'évasion de la petitesse du monde. Une fois traversée, on pourrait se rejoindre, comprendre ce qui, de si loin, nous a construits. Comment les danseuses incurvées sur les murs sont devenues ces femmes sombres, ces femmes en blanc, une fois dépassé l'âge du sang. Dans le nord du pays, elles se marient en rouge, symbolisant joyeusement leur féminité carminée. Mais ce sont ces mêmes lieux qui ont, jadis, inventé la mise à mort des veuves ou celle des jeunes épouses. Elles passent du rouge au blanc, de la vie à la mort, avant même que de mourir.

Subha se doit de traverser cette porte. Elle doit rejoindre quelque chose d'elle qui est resté de l'autre côté et qui ne l'a pas accompagnée lors de sa présente naissance.

Elle se met à marcher parmi les ruines en délogeant ici des cailloux, là des mottes de terre. Elle éprouve une sorte de rage. Elle tourne en rond, ne trouvant aucun moyen de traverser la porte. Pas tant qu'elle n'aura affronté celle qui est entrée dans la maison et qui n'en est peut-être pas ressortie. A-t-elle laissé là-bas une femme empêtrée dans ses devoirs ? En est-elle revenue plus vierge qu'avant ?

Elle est entrée dans la maison en sachant que l'accord tacite était fait. Elle n'y allait pas pour accorder le sitar ou pour discuter ou pour boire du thé. Marchant à ses côtés en aveugle, mais s'obligeant à regarder froidement des paysages intérieurs généralement scellés dans l'obscurité du corps, elle a vu ce qu'elle avait compris dès la rencontre de leurs mains : ce que cette femme voulait, c'était elle. Mais le tout elle, et pas une petite part seulement, non : elle femme, mère, épouse, enfant au sitar, voleuse de *khir*, nouveau-née sans importance parce que femelle, quinquagénaire ensevelie sous ses couches de respectabilité, femme sans écoute, sans amis, au service des autres, pétrie d'inimportance, ventre porteur de bébés grandis et vidé de sa substance, bientôt vidé de sa raison d'être, ménopausée en route vers l'inutilité, et puis aussi, au fond de tout cela, tout au fond d'une charge rassurante de chairs, de graisse, d'organes, d'usure et de vertu, une toute petite chose ronde et velue, un centre, un noyau : elle.

Elle, non plus novice dans le parcours des corps, mais reliée au savoir atavique qui décode un sourire, un regard, un effleurement qui aurait pu être fortuit mais qui ne l'est pas. Tout cela, tout cela, elle le sait, parce que non innocente. Elle le sait parce que ces jeux sont inscrits dans la connaissance instinctive de l'autre. Elle ne marche pas dans son innocence mais dans cette réalité qui lui dit que cet amour qui l'attend la brûlera davantage que toute une vie aux côtés de l'homme. D'un seul coup, elle a envie, elle a envie, oui, oui, d'être brûlée.

Elles s'arrêtent devant une porte grillagée. Une fois entrée, Subha se demande ce qui se passera là, dans ce salon étranger et quasiment nu, ensablé dans les désirs troubles d'une femme. Elle y perçoit des remous tristes et sauvages, les relents d'une pensée lourde de ses regrets, un déracinement qui donne à chaque chose une fragilité automnale. Nulle part, elle ne trouve un signe familier qui la renouerait avec soi. Elle s'avance dans un espace mouvant et glauque, sans entendre l'écho de ses propres pas. Une main se pose sur son dos. Une dernière pensée lucide lui vient : voici l'instant où tout finit : aucun retour possible. Elle entend un craquement qui lui semble provenir du fond de son effondrement. Mais ce ne sont que les genoux de l'autre qui se plient.

À partir de ce moment, elle est double.

Subhadra, femme ordinaire, accepte avec une sorte de soupir tragique sa déchéance et l'humiliation qui n'en est que l'aboutissement naturel. Je suis arrivée là où peut-être aucune femme indienne de ma génération, de mon milieu, n'est arrivée. Permettre à cette femme un peu plus jeune que moi — tout au moins en apparence — de franchir mes barrages, mes remparts de tissus, ma peau, mon recul, pour aboutir à ce geste qu'à un autre moment j'aurais qualifié de dégoûtant. Ce geste, ce geste, pourquoi ne peut-elle pas lui donner un nom, à ce geste, la femme au visage de lune s'est agenouillée devant elle, et le contraste est si déroutant, la beauté de cette posture, de ce visage levé vers elle, de la supplication au fond de ses yeux sombres, du sourire ondulant sur ses lèvres entrouvertes, et puis, aussitôt après, l'autre mouvement, rapide, énervé, écartement des vêtements, recherche maladroite d'une chose dérobée qui ne veut pas tout de suite se livrer mais qui, une fois touchée, est prête, prête, plus que prête à suivre le flot et la complicité et à l'accepter, et

à y prendre plaisir. Au même instant, une personne curieuse de ce que peuvent offrir ces chemins de traverse, cet entrechoquement avec une réalité autre, la tortueuse luminosité des possibles, décide — oui, décide — d'aller jusqu'au bout. Écarte les cadres et les bornes et les cuisses et s'engage volontairement dans la brèche. Elle ne sent pas s'effondrer le sol ni se craqueler la surface des certitudes.

Tout le mystère de l'être et de la chair, la part de l'âme, la part animale, l'embrasement des pulsions, le bouleversement biologique qui engendre et conjure les circonstances, l'enflure d'une imagination toujours prête à donner à l'esprit les prétextes nécessaires à sa soumission, bref, tout le miracle de l'instinct et de la passion posés comme deux paumes l'une sur l'autre, leur silencieuse complicité débouchant sur l'étrange imbrication de deux corps de manières aussi diverses que merveilleuses, tout cela lui apparaît au moment précis où son visage se plisse d'une souffrance inattendue. De son visage émerge une nudité fragile, comme prête à être fracassée. Sa bouche s'enfle et rougit. Ses mains se crispent autour du visage de la femme agenouillée. Lorsqu'en elle se déclenche la réaction inconcevable mais aussitôt reconnue, elle la reçoit sans bouger, pétrifiée par l'impossible :

la toute première jouissance est un monde inexploré.

Après, le sentiment d'une puissance fraîchement découverte ne l'abandonne pas. Les deux Subha-dra enfin s'alignent, coïncident l'une avec l'autre pour poursuivre cette route et voir jusqu'où elle mène. La pluie se met à tomber, grasse, lourde, indolente. Les fenêtres s'obscurcissent comme des yeux qui se ferment.

Elle sait alors que son corps ne réintégrera plus jamais son sommeil, même si, dès qu'elle se sera rhabillée, le quotidien lui rappellera avec une brutalité rare et une morgue rageuse qui elle est, où elle est. Mais elle sait que plus jamais elle ne se laissera porter par la tyrannie des choses. Chaque pas sera sa responsabilité, ira de son choix.

Elle n'a demandé ni son nom ni son prénom. Elle y pense à présent, face à la porte.

Elle pense aux yeux flous de l'autre. Cette femme dont elle ne connaît pas le nom et dont elle ne sait rien est un enfant perdu dans cette ville impossible. Elle louvoie aux abords des choses, mais ne saisit rien. Tout peut lui arriver.

Elle croit comprendre les ordres et les règles, mais au fond elle n'en sait rien du tout. Tu ne dureras pas, murmure-t-elle. Tu es le transitoire dans ton monde fou et sans repères. Je suis pétrie d'éternité. Rien ne pourra m'ébranler.

Mais cela lui fait verser des larmes dures, tandis qu'elle se met à marcher vers la porte.

Avril 2004

Elle est partie sans rien dire, repliée sur ses ors pâles. Une porte dérobée de moi-même que je ne saurai peut-être plus retrouver, mais dont demeurent les obscures vibrations.

Je me réveille, changée. Je ne suis plus la même. Le souvenir de son toucher laisse des ailes sur ma peau. Je crois avoir imprimé un autre rythme à sa vie, lancé ses pieds sur un autre parcours, un tango indien qui l'empêchera, absorbée par sa danse, d'aller moisir ses sens à Bénarès. Mais moi aussi, ce matin, je suis une autre cadence.

Je pensais que ma Bimala ne pouvait sortir que de ces tréfonds d'où sont issus tous les autres, un déguisement de plus parmi d'autres, autre masque à assujettir à mon visage. Après tout, il y en a eu beaucoup, il y en a eu tant, depuis toujours, que j'ai moi-même du mal à me reconnaître, femmes, hommes, lézards, anguilles, guenons, culs-de-jatte, carnassiers, immortelles, j'ai tout été, tout goûté, métamorphoses incandescentes, transformisme sublimé, drogue dure d'une irréalité plus vertigineuse que toutes les réalités possibles, mais aussi les déguisements des autres, seins éblouis d'une vie putassière, tangible tentation d'une femme en rouge esquivant le regard, enfant famélique se gavant d'ordures en un festin radieux, œufs de sang, de glaire, de merde nés avec les mots, oh, j'avais trop fouillé dans les décombres, il fallait bien que j'en sorte autre chose que des ténèbres dégoulinantes, il fallait bien que, parvenue au bout, je touche à la lumière !

Et finalement, j'y suis arrivée. Bimala, elle, n'est pas sortie de ces ténèbres-là.

Dès son premier tremblement, comme du fœtus effleuré au fond d'un ventre, elle ne parlait pas de fin mais de commencement. L'agenouillement ne parlait pas d'humiliation mais de renouveau. Le sari se dénoue comme la soie du cocon, le corps nu du ver qui s'y était réfugié, hors de contact avec le monde, à l'abri des remous, s'agite lentement sous le soleil, s'étire de bleu, se délivre de sa torpeur, de son silence, de son engourdissement, et, pour n'avoir jamais vécu, esquisse ses premiers mouvements avec la maladresse et l'émerveillement du nouveau-né. Il ne regardera plus jamais en arrière.

Bimala est bien réelle. Je ne l'ai pas conjurée de ma mémoire. Son toucher et l'effleurement de ses lèvres sur mon corps ne sont pas venus d'un rêve d'encre au sortir d'une nuit ravagée par la haine de soi.

Mais maintenant qu'elle n'est plus là, que je n'ai plus aucun moyen de l'atteindre, que je n'ai aucune certitude qu'elle reviendra me voir — je pense même qu'il n'y avait que cette unique rencontre de prévue, aucune autre ne sera possible, toute tentative de la créer resterait vaine —, le vide creusé dans ma vie est encore plus profond. Je ne sais plus quelle est la suite. Aucun repère pour continuer l'histoire, puisque je n'en suis plus la génitrice.

J'aurais pu passer des jours et des nuits ainsi, à me vautrer dans cette tristesse. Je serais restée à revivre notre pas de deux dérythmé si je n'avais vu le *Times of India*, déposé devant ma porte par ma logeuse.

Je le déploie plus par habitude que par véritable envie de lire, et je vais directement à la page des faits-divers. Je vois tout de suite le titre : *Little girl acrobat mauled by maddened tigers.*

Une petite acrobate massacrée par des tigres enragés.

Je n'ai aucun doute. Il s'agit bien de la mienne, de ma petite fille vêtue de jaune, ma petite fille aux nattes, ma petite fille aux cerceaux. J'ai poussé un cri et me suis précipitée dehors. Ma logeuse, m'entendant, ouvre la fenêtre.

Je lui ai brandi le journal sous le nez :

« Savez-vous où elle habite ? ai-je demandé. Ce n'est pas pour rien que vous avez mis ce journal devant ma porte, vous savez tout, elle n'était pas très loin, vous devez savoir où elle est ! »

Elle a hésité, se demandant peut-être si elle devait m'aider, puis, voyant mon air agité, elle m'a dit que c'était dans le quartier de T..., le bidonville le plus proche.

« *It's a slum,* a-t-elle dit, *very dangerous. Don't go alone.* »

Je n'ai pas le choix. Je dois y aller seule.

Il fait très sombre dans le ventre de la pluie. Sombre, tiède et lent. Le jour ne s'est pas levé du tout, aujourd'hui. Je sens que les gens du quartier sont inquiets, tristes. Leurs bruits ont perdu de leur éclat et de leur brillance. Ce n'est pas la pluie seule, mais l'appréhension des choses à venir qui amortit les cœurs. Le vendeur de thé, contrairement à son habitude, n'est pas en train de servir ses clients. Il est assis au bord de son échoppe et regarde ses deux pieds plongés dans une flaque de boue. D'autres sont immobilisés dans des postures bizarres, comme si eux non plus ne connaissaient pas la suite de l'histoire. Les femmes du quartier le plus pauvre — qui pourtant n'est que la porte d'entrée du bidonville, lequel s'enfonce dans un dédale de caniveaux et de ruelles où aucun étranger ne se hasarde — ont la bouche masquée par un pan de leur *odni* tenu dans leur main. Leurs yeux sont vacants, immobiles.

Je retrouve l'homme — père, oncle ou propriétaire — qui s'occupait de la petite. Son visage est déformé par l'inquiétude ou le sentiment de sa perte économique. Mais, malgré le traitement cruel qu'il lui faisait subir, j'ai l'impression qu'il souffre. Je m'arrête devant lui. Il me reconnaît.

« *My daughter* », me dit-il dans un anglais larmoyant.

Je ne ressens aucune pitié envers lui. C'est lui qui l'a transformée en animal de cirque.

« *I want to see her*, dis-je.

— *Please to come with me.* »

Il veut m'entraîner à l'intérieur du bidonville. J'ai un instant d'hésitation avant de me ressaisir. Ces gens vivent aux côtés du danger tous les jours, la petite fille a été happée par sa gueule ouverte, il n'y a que les étrangers comme moi qui peuvent vivre à proximité sans le voir, se croyant immunisés. J'oublie Bimala pour ne penser qu'à la petite créature sans recours. Ce pays me semble inhumain, oublieux des plus profondes nécessités, complice des détresses anonymes.

Nous nous enfonçons dans un lieu de boue. Ce n'est même plus une pluie qui tombe sur nous, c'est une chose riche et malsaine, lourde et dense comme du sang aussitôt coagulé. Nos pieds pataugent dans dix centimètres de fange. Je n'ose penser à ce que charrie ce flot. J'ai de la peine à reconnaître les ruelles, si on peut les appeler ainsi. De temps en temps, on croise un homme pissant directement dans le flux bruyant, un enfant y déféquant, la mine sérieuse. L'eau clapote jusqu'aux abords des cabanes. Des enfants, nus, noirs, neufs, jouent avec des bateaux en papier. Des femmes nous jettent un coup d'œil puis disparaissent dans leur intérieur, celui qu'elles tentent, tant bien que mal, de faire vivre. Des odeurs de légumes saisis au feu vif contredisent celles des déchets humains. J'espère que je ne vais pas vomir. C'est un tourbillon d'absurdité : leurs yeux, qui me font tous penser à Bimala, et leur dénuement complet.

Le père de la petite me fait signe qu'on y est presque. Dans toutes les petites filles que je croise, je la vois. Mal nourries, chétives, mais habitées d'une énergie mystérieuse, elles ont toutes le même regard. Mais quelques-unes n'ont pas de bras, ou de jambes. Partout, des chansons indiennes fusent des radiocassettes, gaies, imbéciles. Des petites vedettes en substance se déhanchent à mi-mollet dans un caniveau. Une petite tend son *odni* au vent. Le rose fuchsia est arraché de ses mains et file dans le ciel. Elle est interloquée, puis dévastée. Ses larmes sont interminables tandis que les autres se plient de rire.

Bientôt, nous arrivons dans une zone plus densément habitée encore, où règne un plus grand affairement. C'est une zone de tannage aussitôt reconnaissable à l'odeur puissante, déglutie de tous les recoins, de toutes les surfaces. Du coup, je suis guérie de ma nausée. Cela va bien au-delà du dégoût. Une odeur de bête, de chair faisandée, d'acide, d'ammoniaque. Tout cela finit par se contredire et s'annihiler. Nous avançons. Des femmes piétinent des peaux, un geste qu'elles semblent avoir fait depuis des siècles, les hanches mécaniques, inépuisables. D'autres cousent à l'extérieur, sur d'antiques machines Singer ou Butterfly manuelles, parce qu'il n'y a pas d'électricité dans les empilages de tôle qui leur servent d'abri. Ici et là, un jeune garçon se concentre sur un livre. Mon cœur s'accélère à les voir, parce qu'ils parlent de survie.

Au bout d'une venelle, nous arrivons à une autre de ces cases minables qui semblent tenir debout par un miracle d'équilibre. Des gens y sont attroupés. Des femmes parlent avec un débit accéléré. Je n'arrive plus à avancer, tant j'ai peur de ce que je vais voir.

À l'intérieur, dans la pénombre pluvieuse, je la découvre sur une natte posée à même le sol. Son visage est intact, mais son petit corps est entièrement bandé. Les pansements sont maculés du rouge du sang frais et du brun du vieux sang. Son pied droit et son bras sont plâtrés.

Je vois sa bouche boudeuse et sombre, la pierre qui brille à l'aile du nez, un fragment de ruban rouge resté accroché au bout d'une natte.

C'est là tout ce qu'il en reste, tout ce qu'il en subsiste, et déjà l'essentiel est ailleurs : une ébauche de vie effritée, dépourvue de ce qui la rendait unique — la grâce et le mouvement. Redevenue une chose. Un objet brisé par les heurts et les envies ruineuses des hommes.

« Pourquoi n'est-elle pas à l'hôpital ?

— *No money* », dit le père.

L'hôpital est gratuit, mais il n'y a pas d'argent pour les transfusions de sang, pour les médicaments, les radios, rien, m'explique-t-il. Ils ont préféré rentrer chez eux.

« Le médecin dit qu'elle va vivre », ajoute-t-il, mais avec un défaitisme qui indique qu'il n'y croit pas.

Je scrute son visage, tentant d'y voir un espoir de vie. Je me penche, écoutant son souffle : un minuscule râle. J'ai très peur. J'ai peur de voir s'ouvrir ses yeux et d'y lire sa mort. Je dois préserver cet espoir. Je donne à son père l'argent que j'ai pris avant de sortir. Il me remercie d'un signe de tête. Mais rien ne pourra changer cette natte crasseuse, les flaques de boue qui, sous la pluie continue, se mettent à envahir la case, les insectes qui commencent à s'agglutiner sur son corps, la marmite vide, le silence de la mère et la maigreur des autres enfants. Ils n'ont plus leur unique gagne-pain : elle.

Je me penche et l'embrasse sur le front. Pour quelques secondes, je me substitue à la mère et c'est ma fille qui est là, ma toute petite, ma danseuse, et sous les bandages je devine les déchirures faites par les crocs et les griffes, sous les yeux fermés je devine la douleur désormais silencieuse. Si elle s'en sort, que deviendra-t-elle ? Que fait-on des poupées éclopées ?

Si j'avais pu retrouver mon chemin, j'aurais couru sans m'arrêter pour sortir de là. J'aurais couru en aveugle, sans comprendre, en laissant là tout ce qui semblait trop lourd, en n'emportant ni mémoire ni souvenirs parce qu'il y a des moments où l'on aspire au vide et à rien d'autre, même le souffle d'air est un trop-plein dans la folie creuse du monde. Mais il m'a fallu attendre que le père finisse de gémir et consente à m'emmener.

J'avais des questions à lui poser. Mais il est trop tard, sauf pour une seule question :

« *What is her name ?*
— Aasha », a-t-il répondu. L'espoir.

Nous sommes revenus. Il est déjà entré dans le moule du pleureur, de l'endeuillé. Comme si elle était déjà morte. Je pense mauvaisement que son chagrin ne doit pas être très profond. Je ne veux pas lui parler. Je pensais que je finirais par hurler, mais jusqu'ici rien n'est sorti. Je n'ai pas droit à la douleur.

Nous sommes revenus. Je l'ai laissé parmi les siens. Pour eux, le chagrin est presque facile. Des conventions, des rituels, des présences, des prières. Après, on tourne la page et on continue. Mais en rentrant chez moi, il n'y avait personne. J'étais seule. Je suis seule. Rien ne m'aidera à supporter la perte de ce que je n'ai pas su toucher ni comprendre. Les ténèbres m'ont rattrapée. D'ailleurs, elles n'ont jamais été bien loin.

Mai 2004

Elle va enfin franchir la porte. Cette Darwaza de tous les interdits. Mais elle ne ressent aucune peur, puisque, déjà, elle est allée au-delà. La porte n'est plus destinée à lui couper le passage. Au contraire, elle a maintenant droit à ce qui se trouve là-bas.

À gauche, le doigt pointé du Qutb Minar n'est pas une menace mais une indication complice. Tu ne peux qu'aller plus haut, dit-il.

Derrière la Darwaza, à droite, il y a la mosquée.

Elle fait un pas, puis deux. Chaque jour, des milliers de gens franchissent cette porte, se dit-elle. Alors pourquoi n'y arriverais-je pas ? Le vent lui apporte un fragment de journal : « *Sonia Gandhi says "no" to India* », annoncent les gros titres. Ainsi, Sonia a renoncé. Elle n'est pas allée jusqu'au bout. Sans doute tenait-elle davantage à la vie et à ses promesses ? Après tout, rien ne l'obligeait à aller, yeux ouverts, au-devant d'un destin qui n'aurait pour aboutissement que la mort violente. Peu importe la raison, Sonia a renoncé. Mais c'est un choix de vie ; le choix de son regard lucide sur les choses. Elle n'a pas dit non à l'Inde ; elle a décidé d'agir selon ses propres règles et d'aller à la rencontre du pays à sa manière, en mesurant ses pas. Le raz de marée ne l'a pas emportée.

Entre-temps, Subhadra est passée par la porte. De l'autre côté, les choses sont presque identiques. Seulement, les surfaces semblent moins tangibles, comme liquéfiées par un souffle de lune, à peine retenues par la fragile enveloppe de l'air, bulle, mirage dans lequel elle s'enfonce. Elle ne sent rien sous ses pieds. Pas le moindre crissement de caillou. Pas le moindre glissement d'herbe drue. Rien qu'un coussinet de vent qui soutient comme une paume la plante de ses pieds. Tiens, elle est pieds nus. Elle n'a pas su à quel moment elle a abandonné ses sandales. Mais la sensation est si bonne qu'elle s'applique à poser chaque pas d'aplomb, afin de bien sentir la matière invisible qui la porte.

Elle jette un coup d'œil en arrière et il lui semble discerner l'esquisse d'un présent déjà perdu, déjà fui, mais elle n'en est pas sûre.

Ensuite, elle l'oublie. Derrière un figuier plusieurs fois centenaire, elle croit distinguer le regard fixe d'un paon. Ou peut-être est-ce celui d'une mangouste, elle ne voit plus bien, les abords de ses yeux sont flous. Elle entend une plainte de *shehnai*, cet instrument qui pleure aux mariages, puis ses oreilles corrigent d'elles-mêmes l'illusion : il s'agit en réalité d'un train qui, si loin, tellement estompé par des dimensions autres, n'a plus rien de métallique mais a pris au contraire voix humaine. Un train qui disparaît dans le temps, allant droit vers son but, hors de sa vue et de sa pensée. Des lierres croissent sur son chemin, menacent de s'enrouler autour de ses chevilles. Lorsqu'elle regarde ses pieds, elle y voit des clochettes de danseuse. Cela aurait dû la surprendre, mais elle est hors de portée de toute surprise. Elle fait trembler son pied, et les clochettes lui répondent sur un ton frais et chuchotant. Elle avance sans se prendre dans les lierres, puisque rien désormais ne peut la toucher.

Elle sait par l'odeur qu'elle est dans un temps autre. Ici, aucune odeur de gazole ou de mazout ou de fumée. Quelque chose de sauvage et épicé, ambre et musc, un parfum de femme et de corps. Puis il prend une coloration plus verte : c'est sa propre odeur qu'elle respire. Elle marche, environnée de cette féminité qui coule d'elle en une huile laiteuse. Les gouttes s'échappent et vont se coaguler sur les brins d'herbe comme un chemin tracé pour qui oserait la suivre. Au bout d'un temps, les gouttes blanches s'écoulant d'elle deviennent rouges.

Devant elle, il y a une sorte de paravent ou d'écran ajouré en bois de santal, qui semble fait pour masquer les ouvrages clandestins. Une porte dérobée sur la furtivité de la nuit. Des oiseaux paradisiaques, des papillons, des biches aux abois sont sculptés sur sa surface. Par l'un de ces jours, un regard de femme, très noir, la surveille. Elle pense aux yeux d'une héroïne d'un film de Satyajit Ray, mais elle ne se souvient ni du nom de la femme, ni de celui du film. Puis une bouche apparaît, suivie d'un tintement de rires et de bracelets. Un doigt s'introduit dans un trou de l'écran et lui fait signe d'approcher. Elle s'approche et contourne le paravent.

Derrière, il n'y a personne. Il y a un grand bassin entouré de petites lampes à huile qui se reflètent dans l'eau. (Elle ne s'était pas rendu compte qu'il faisait nuit. Mais le jour s'est-il levé aujourd'hui ? Il lui semble bien que non.) Ce lieu ressemble au quartier des reines, dans l'ancienne ville rouge de Fatehpur Sikri. Elle va vers le bassin, toujours accompagnée du son de ses clochettes. Ses pas, à présent, sont plus rythmés, moins lents. Les clochettes lui imposent leur rythme et leur élan. Ses jambes suivent, entraînant le haut de son corps qui se courbe, s'incline, se redresse, sinue. Elle fait le tour du bassin en tournant sur elle-même. Sa jupe s'évase et ondule avec un doux bruit de vent. Dans l'eau immobile, ses jambes sont reflétées comme dans un miroir. Des regards y plongent. Elle continue de tourner ; de derrière un autre paravent, une musique s'élève ; les musiciens n'ont pas le droit de voir les cadencements onduleux du gynécée. Bientôt, elle n'est plus seule, d'autres femmes comme elle font le tour du bassin en déployant leurs longs bras, en faisant tourbillonner leurs jupes, en chantant avec leurs doigts déliés le chant des *mudras* racontant la même vieille histoire de Krishna, le dieu à la flûte, et de Radha, la bergère amoureuse, de la flûte qui rend Radha folle de désir, du pot de terre brisé, de Radha inondée d'eau et de colère, de Krishna qui la cajole pour se faire pardonner, et les doigts miment la flûte et la caresse, la colère et les yeux lourds, la biche et l'oiseau embusqués dans le bosquet des amours, les clochettes font « sss…. sss… » comme pour les enjoindre au silence, s'estompent jusqu'à ce qu'une seule clochette tinte, avant d'exploser de nouveau en un vertige de tournoiements et de battements de pieds sur les douze temps de l'*ektaal.*

Subha n'a jamais autant dansé, mais elle ne ressent aucune fatigue. Elle peut continuer, elle enchaîne les figures, les autres danseuses sont tombées, épuisées, d'autres ont abandonné, les musiciens continuent de jouer et de chanter, la voix, le sitar, le tabla et les *ghungrus* de la danseuse se répondent, c'est un jeu à plusieurs qui devient un défi, chacun rivalise de dextérité et de complexité, chaque enfilade de syllabes du chanteur est reproduite exactement par le joueur de sitar, puis par celui de tabla, et Subha doit leur donner la réponse à tous les trois par ses mouvements et le son de ses clochettes, les pirouettes, le martèlement de ses pieds, les gestes de plus en plus rapides de ses mains, personne n'abandonne, personne ne s'avoue vaincu, ils joueront ainsi les uns avec les autres, infatigables et inhumains, jusqu'à ce qu'ils aient traversé leur bulle de temps alloué et se soient retrouvés, épuisés de toute substance, de l'autre côté. Le sitar attendait sa réponse de danseuse, sa présence charnelle, pour trouver ses propres sons.

Mais, déjà, une autre musique s'élève, faisant taire la première. Ce n'est plus le sitar, le tabla et la voix du chanteur. Cette fois, c'est un accordéon plaintif et le piano, et une voix de femme, grave et rauque. Subha n'a plus de clochettes aux pieds mais des escarpins vernis à talon haut. Son corps change de rythme. Un partenaire invisible lui enserre la taille. L'autre main tient la sienne loin du corps. Elle n'a pas besoin de la voir pour savoir qui elle est. Elle reconnaît ses mains, sa finesse, son souffle. Subha éclate de rire, ferme les yeux, et se laisse ployer en arrière et entraîner dans ce tango qu'elle n'a jamais dansé, sauf dans le plus secret de ses rythmes.

Sortant de la danse sans fatigue, elle reprend sa marche, pieds nus, vers la mosquée. Ici, il n'y a plus de temps, puisque tant de siècles s'y sont entremêlés qu'il est impossible de les départager. Couche après couche après couche de sédiments, les différences de styles et de croyances ont été estompées. La mosquée a été construite en partie avec les murs d'un temple hindou plus ancien, peut-être lui-même bâti sur les pierres plus antiques encore d'une race antérieure qui aurait fui vers le sud, ne laissant que ces traces. Loin de se contredire, les cultes différents se renforcent et se densifient, se prolongent en une longue chaîne de connivence entre hommes et dieux. Entre les fioritures du style hindou et la grâce du style moghol se trouve quelque chose de plus simple et de plus ardu, où la plus austère des lignes est une vérité. En un pas, l'on va de l'un à l'autre. Sans heurt, le regard franchit les civilisations. Les lignes de démarcation sont invisibles. Le mariage est consommé depuis longtemps.

Dans les formes des bas-reliefs hindous, Subha découvre les femmes érotiques sculptées sur les murs des caves de Khajuraho. Elle s'étonne de tant d'ampleur et d'abandon. Une telle plénitude de dons charnels. L'abondance et la pléthore. Elle voit l'homme chétif et maigre qui les sculpte, usé de faim et de fatigue, mais faisant jaillir une énergie innombrable de ses mains laborieuses, de ses yeux fous. L'homme la regarde avec une avidité qui la fait frémir. Il tend la main et lui caresse la bouche. « Je m'appelle Satch-Ananda, dit-il. La vérité de l'éblouissement. Je t'attends et te désire depuis si longtemps. Est-ce enfin le moment pour la femme au sari rouge de s'abandonner et de s'offrir à moi ? » Subha lui sourit mais ne répond pas. Son silence est une énigme. Elle s'assied tout contre les formes de la pierre et pose son oreille contre leurs enflures. Un chant enfoui s'en dégage. Sa main se déplace sur les plis, trace la courbe des seins esquissés, des cuisses plantureuses. En se penchant, elle découvre les détails les plus minutieux. Étonnée, elle voit que certaines femmes agenouillées et rieuses lui ressemblent. Même la couleur semble véridique. Ce n'est plus une pierre grise mais des surfaces aux pâles couleurs de chair. Elles sont parfaitement exécutées, si vraies qu'elles pourraient commencer à bouger et à vivre.

Le moine continue de les ciseler au burin. Il se met à entailler leurs chairs, à y ouvrir des blessures qui saignent.

« Je te réclame et t'appelle », dit-il dans une langue ancienne, riche et poétique. Il porte un vêtement de safran, déchiré par endroits. Il a le crâne rasé. Ses yeux sont doux et lucides.

« Je raconte la chair des femmes. Je veux qu'elles boivent à mon phallus tout comme je boirai de leur lait jusqu'au sang. Notre langue sera revêtue d'un jus blanc », dit-il. Étrange combinaison d'un homme et d'une femme unis en un seul corps par un pacte de mort et de création, d'amour et de déraison. Ses deux moitiés se répondent et résonnent l'une dans l'autre en un chant que personne d'autre que Subha ne peut entendre et comprendre. Lui aussi cherche à se rassembler, malgré tout ce qu'il y a d'impossible dans l'union des deux moitiés. Sa gémellité l'entraîne bien au-delà du vivant pour procréer dans un monde de terreur et de passion.

À force de se frotter contre la pierre, il n'y a plus d'aspérités sur la surface.

« La vertu est un mot qui bute sur lui-même. Amère est la bouche d'une femme qui a oublié jusqu'au goût du baiser. Toute ma vie j'ai cherché la libération dans les mots, et ne l'ai trouvée qu'entre les cuisses d'une femme. Depuis, je ne peux plus m'en passer. Qui es-tu, toi la trop vêtue ? Pourquoi as-tu honte de ton corps et le caches-tu sous tant de tissus ? Moi, j'ai les vêtements déchirés par le désir féminin.

Chaque coup de griffes est une lettre d'amour inscrite dans ma chair, que j'inscris à mon tour dans la pierre.

— Je n'ai pas de nom, sauf ceux que l'on m'a donnés, et que j'ai oubliés, dit Subha.

— Cela n'a pas d'importance. Tu n'as pas besoin de nom. Comme toutes ces femmes prises dans le chant assourdissant de leurs sens.

— Je ne comprends pas où elles sont parties, ce que nous sommes devenues.

— On vous a obligées à apprendre la haine de votre corps et du nôtre. Viens, ma sœur, que je te console de ta perte, de ton retard... »

Le moine s'approche d'elle dans un sourire qui ressemble au crépuscule.

Avec son burin, il détaille dans la pierre les moindres traits de Subhadra. Elle est la femme qu'il attendait dans sa tombe de schiste.

À travers lui, elle voit une femme aux longs cheveux, portant presque le même nom, qui s'acharne à extraire les femmes de leur gangue de règles et d'interdits, qui leur ouvre la bouche pour y insinuer une voix. Subha est une de ces femmes-là. Pour l'instant, étant la dernière-née, elle est la plus importante de toutes. Elle ira plus loin que les autres, et elle entraînera dans son sillage rythmé celle qui la raconte et qui ne sait pas se dire.

Dans leur passé commun, il y a la silhouette pesante de l'Inde, qu'elles doivent toutes les deux résoudre.

Subha est toujours devant la Darwaza.

Le Qutb Minar est à sa place. La porte tremble, mais ce n'est peut-être qu'un effet d'optique. Des enfants jouent non loin. À ses pieds se trouve toujours la coupure de journal : Sonia renonce.

Elle rentre d'un pas léger. Quelque chose en elle semble accueillir ce jour incertain. Car si le jour est vacillant, elle ne le sera pas, elle. Si la rue menace de se dérober sous ses pieds, elle trouvera son équilibre sur deux plis d'air. Si les ombres sont néfastes, en ce monde aux cœurs enténébrés, elle s'arrimera, elle, à deux brins de lumière tirés d'un écheveau caché.

La ville semble naître au fur et à mesure qu'elle marche. La terre qui se lève avec le vent semble avoir gardé l'odeur mortifère, mais riche, de sa vieillesse. Une vieille femme debout, attendant de traverser la rue, porte son voile sur la tête avec une sorte de condescendance. Rien ne camouflera la puissance de sa bouche et de ses yeux, l'orgueil du dépossédé. Des pauvres, des mendiants, des estropiés ; des riches, des gagnants, les possesseurs du monde. Tout cela l'entoure, mais ne la touche plus. Son sari bleu traîne dans la poussière. Elle ne fait pas un geste pour le soulever.

Lorsqu'elle arrive devant l'appartement, elle voit un petit attroupement : elle se souvient alors que c'est le jour du grand départ. Sa belle-mère fait transporter une énorme valise par un jeune garçon. Un taxi attend non loin. Subha ralentit sa marche. Jugdish est là, le regard anxieux, fouetté par les longues jérémiades de la vieille à propos de la disparition de Subha. Kamal est appuyé contre le mur, regardant ailleurs avec un demi-sourire. Les serviteurs attendent que Mataji veuille bien débarrasser le plancher et cesser de leur casser les pieds. Assise sur le mur, Bijli croque un fruit en faisant des grimaces dans le dos de Mataji. La cousine et la nièce attendent docilement l'ordre d'embarquer. Le vent soulève les voiles de ces barques éclopées, mais ne révèle aucune grâce.

C'est ce petit groupe qui ira se heurter à la grandeur étouffante de Kashi ? se demande Subha. Il y apportera sa mesquinerie et n'en sortira pas grandi. Tant de médiocrité pourrait même altérer à jamais la ville sacrée. Le Gange ne transportera plus des déchets et des prières mais les récriminations de femmes mortes debout sans même le savoir, puisqu'elles n'ont jamais vécu.

Debout de l'autre côté de la rue, elle vacille, indécise. Quel sera son prochain pas ? Vers eux ou dans la direction opposée ? Une ligne furtive descend le long de son corps, juste en son milieu. C'est la ligne de son passé et de son avenir. En ce moment, tous les possibles sont bien réels. Lequel choisira-t-elle ?

C'est là que tu te décides, Subha.

La petite troupe familiale est là, avec son agitation sans but, son air d'importance usurpée. La poussière, le vent, les gens en attente, les badauds intéressés, le ciel agrippé à son bleu. Ils n'ont pas bougé. Cet instant de leur vie les définit entièrement, dans leurs rôles, dans leur présent, dans leur devenir. Jugdish, Mataji, les parentes, les serviteurs. Seul Kamal est à un moment de basculement. Seul il va prendre, délibérément, une décision qui va modifier le cours de sa vie, qui va l'entraîner vers des lieux de dangers ou de bonheurs fous.

Subha le regarde avec attention, se demandant si l'autre elle, celle qui serait peut-être allée à Kashi, demanderait à Kamal de rester sur sa rive, dans ses rails, dans son harnais, parce que c'est la seule voie sûre. Parce que l'autre choix, elle le voit clairement à présent, est celui qui va à la rencontre de tout ce qui, dans ce pays, porte en soi une menace et une blessure. Elle le voit, défilant avec des jeunes tenant des pancartes, demandant la justice, demandant la libération de prisonniers politiques, demandant le respect des lois ; marchant à côté d'une jeune femme aux yeux brillants de passion, que ce soit pour une cause ou pour un jeune homme ; aucun des deux ne remarquant qu'ils marchent en permanence sur un déséquilibre, sous des regards hostiles, méfiants ou méprisants. Ils — l'hindou et la musulmane — sont l'autre visage de ce pays aux pieds de plomb, et ils ne renoncent pas ; même si Sonia, elle, l'a fait.

Mais ne se pourrait-il pas que la violence les rattrape un jour ? Les affrontements reprennent. S'étalent, comme une vague, comme un incendie. Les quartiers s'enflamment. Les esprits basculent dans cette jouissance impensante qu'est la haine. La haine sature leurs pores, exsude une sueur aigre, un liquide vénéneux et contagieux qui bondit d'homme en homme. Des familles sont violées et massacrées. Des sexes coupés. Des gorges tranchées. Œil pour œil, rien ne différencie les meurtriers. Physiquement, rien ne les distingue, sauf, pour les hommes, un petit bout de peau qui manque chez les uns et pas chez les autres, et, pour les femmes, un petit point de poudre rouge sur le front des unes, et pas des autres. Et, forts de ces minuscules différences, ils sont libres de se crever le cœur.

À ce moment-là, rien ne s'interposera entre eux et Kamal et Zohra, pris pour cibles par les deux camps parce qu'ils auront transgressé.

Le mot choisi par sa pensée l'arrête. Celui-là et aucun autre. La transgression. La part de l'ombre, en soi, qu'il faut sans cesse taire parce qu'on a trop peur de l'écouter. Le reflet inversé dans le miroir, celui que l'on ne reconnaît pas.

Cette chose divine et monstrueuse qui fait si peur parce qu'elle parle de démesure. Ce mot la transperce, parce qu'elle aussi a emprunté cette route close, a passé outre les barrières et les signes pour plonger comme un enfant que rien n'effraie dans un air aveugle. Pourquoi avons-nous si peur de confronter notre part de ténèbres ? se dit-elle. Comment les résoudre, autrement ? Comment reconnaître notre visage ? Aujourd'hui, Subha ne peut plus détourner les yeux d'elle-même. Kamal, lui aussi, est debout à l'ombre des pierres, celles qui sont lancées de plein fouet au visage de ceux qui tranchent.

Mais elle sait qu'elle ne lui dira pas de bifurquer. Elle sait qu'elle verra la clarté de ses yeux comme une victoire.

Subha a repris sa marche. Elle arrive à leur hauteur, mais sur le trottoir opposé. Quelqu'un la voit, puis quelqu'un d'autre. La nouvelle passe comme un courant électrique. Au même moment, trois regards la rejoignent : Jugdish, Kamal et Mataji.

La fureur de Mataji est tangible de loin. Un foudroiement puéril. Elle reste immobile et les regarde. Si distants, happés par une autre vie, qu'ils lui semblent presque étrangers. Jugdish est soulagé mais, du coup, sa colère de faible s'éveille et tasse ses traits. Kamal, lui, la dévisage avec insistance, comme lisant quelque chose de parfaitement inconnu sur le visage de la femme qui lui a donné naissance et qu'il a cessé depuis longtemps de regarder.

Sous ces trois paires d'yeux, Subha vacille comme sous une onde de choc, mais se reprend aussitôt. Elle ne consent qu'à partager le regard de Kamal. Elle lui sourit, faisant de ce sourire, à la fois rassurant et douloureux, son adieu. Il hoche la tête, sourit en retour. Puis, sous le feu nourri de l'indignation des autres, qui ne compte plus du tout, qui n'a plus aucune prise tant elle se sent immatérielle par rapport au monde et à ses exigences, elle poursuit sa route. Lente, fluide, ailée.

Mai 2004

Il y aura cinquante jours de pluie ininterrompue. On en parlera dans les annales. L'année restera marquée par ces cailloux de pluie enflammés s'échappant du ciel. Par les fleurs de moisissure épanouies sous nos pas puis mourant de leur vaine déhiscence.

Ou peut-être cette résonance est-elle seulement dans ma tête, et cette humidité constante est-elle celle qui baigne mon cerveau de son clapotement mouillé ?

Je ne sais combien de temps je suis restée enfermée, incapable de faire face aux choses. Je sais que je dois me lever et sortir, mais, j'ai beau me le répéter sur tous les tons, mon corps refuse d'obéir. Cette léthargie est peut-être une protection contre soi-même, en fin de compte. Je n'en sais rien.

Ne me reste que l'option de la sculpter de mes ongles sur mes propres parois.

Car qu'aurai-je réussi, finalement ? Tu le sais, toi, l'ange noir qui me regarde encore, qui n'as qu'à étaler tes ailes pour toucher à tes cauchemars et les transformer en pépites de splendeur tombale, dont le sourire mortifère t'amène à te déchirer la panse pour mieux en contempler la pourriture et en faire sortir des enfants d'ordures et de merveilles, toi qui souffles le chaos en moi et qui souffres de ne pouvoir t'y mêler plus étroitement, toi qui si souvent guides ma plume, je ne sais si je te mériterai jamais, et pourtant je suis née avec toi. Le silence de mon corps m'amoindrit.

Je boirais de ton amertume, si elle pouvait se transformer en une ciguë qui me brûlerait le ventre, qui éroderait mon corps, qui rongerait mes sens à l'acide, pour m'aider à oublier que je suis moi. Je pourrais ainsi croire à la finalité des mots, qu'il suffit de les brasser, de les mélanger, de les réagencer au hasard, pour transformer le monde.

L'ange noir de l'écriture m'habite depuis toujours, mais je n'ai pas réussi à l'apprivoiser, à le plier à mes nuits, à mes exigences, à mes envies. Je l'imagine parfois, insufflant en moi, par la bouche, par la parole, son incandescence, j'imagine ce qui sortirait d'une telle union, d'un tel sortilège, je brillerais, habillée de sa flamme, de son amour, je vêtirais de ses cendres ma peau consumée, je raconterais chaque parcelle de mon corps en racontant des histoires qui écartèleraient mes lecteurs, je les entraînerais sur un chemin sanglant vers leur plus grande dérive, celle dont on ne revient pas inchangé, je les souffletterais de ma hargne, de mon amour, je ferais de la poésie le scalpel qui découperait en lambeaux leurs chairs et les ferait vivre plus magnifiquement, débarrassés de ces peaux qui les plombent et les engluent à leurs propres frayeurs, je les pousserais jusqu'au bout de leur fulgurance noire et rouge, mes mots seraient les séducteurs d'hommes et de femmes et les charmeurs de monstres et, toujours, l'ange noir serait à ma droite, surplombant mon épaule, me murmurant à l'oreille ses exigences et ses cruautés, et chaque soleil couchant, sur l'île de nos démences, dégorgerait sur nos corps son encre d'or et de boue.

Tant que je resterai à l'intérieur, dans ce cocon déserté par toute volonté d'être, menant une existence larvaire et amortie, je n'aurai à faire face à la destruction de mes rêves. Le monde, oui, peut mourir. Et moi je dormirai pour ne pas savoir que tout vous rattrape toujours, parce que ce qui colle à vos semelles, ce n'est pas la fange des lieux mais votre propre substance boueuse et nauséabonde, vous transportez vos souillures et vos rages, votre pouvoir de destruction, votre insidieuse contagion. Et vos personnages meurent de vous avoir touché, d'avoir changé de peau pour vous, d'avoir un instant goûté à d'autres rêves, d'être sortis de leur enveloppe de chair et d'avoir pensé que la prison du monde ne s'était ouverte que pour eux. Car après, que leur restera-t-il ? Se sont-ils libérés pour autant ? Je n'en sais rien.

J'ai décidé de refuser le monde. Comme un moine emmuré, je peuple les murs de ma pensée d'images colorées et dansantes. Je réduis l'univers à ces corps ivres de volupté qui recouvrent peu à peu mes surfaces vides. Je saisis dans la pierre l'arc d'un sourcil, le croissant de lune d'une lèvre, le velours circulaire d'un regard. Courbes, plans, arcs, paraboles. Tout cela fleurit sous mes doigts inspirés.

Je ne sais même pas à quel moment ma porte a été scellée.

DU MÊME AUTEUR

Aux Éditions Gallimard

PAGLI, 2001.

SOUPIR, 2002.

LE LONG DÉSIR, 2003.

LA VIE DE JOSÉPHIN LE FOU, 2003.

ÈVE DE SES DÉCOMBRES, 2006.

INDIAN TANGO, 2007 (Folio n° 4854).

Chez d'autres éditeurs

SOLSTICES, *Regent Press*, 1977.

LE POIDS DES ÊTRES, *Éditions de l'Océan Indien*, 1987.

RUE LA POUDRIÈRE, *Nouvelles Éditions Africaines*, 1989.

LA FIN DES PIERRES ET DES ÂGES, *Éditions de l'Océan Indien*, 1993.

LE VOILE DE DRAUPADI, *L'Harmattan*, 1993.

L'ARBRE FOUET, *L'Harmattan*, 1997.

MOI, L'INTERDITE, *Éditions Dapper*, 2000.

*Composition Imprimerie Floch.
Impression Novoprint
à Barcelone, le 20 janvier 2009.
Dépôt légal : janvier 2009.*

ISBN 978-2-07-036172-4 / Imprimé en Espagne.

162985